常世の花　石牟礼道子

若松英輔

亜紀書房

常世の花　石牟礼道子

目次

Ⅲ

Ⅳ

Ⅴ

I

亡き者の言葉を宿した闘士

この数年、石牟礼さんの体調がよいときを見計らって、雑談をしに彼女の住まいを訪れていた。メモや録音をするでもなく、ただ漫然と話を聞く。

水俣での幼き日のこと、『苦海浄土　わが水俣病』の執筆をめぐって、敬愛していた白川静のこと、足尾銅山鉱毒事件で民衆の救済を訴えた田中正造について、彼女は秘めた宝珠に日の光を当てるように穏やかに語った。

石牟礼さんの言葉は、誰にも似ていない。特異の律動を有している。それがいわゆる学習の結果なら、あの無常をたたえた響きが生まれることはなかっただろう。

彼女は類を見ない、優れた歴史感覚の持ち主だった。言葉を歴史の奥底からくみ上げる稀なる才能に恵まれていた。

その感覚は、島原の乱で亡くなったキリシタンと水俣病事件をめぐる運動に参加した人々をつなぎ、水俣病事件と足尾銅山鉱毒事件をつないだ。

その言葉は、現代が危機に直面したとき、いっそう力強く浮かび上がった。東日本大震災のあと「花や何　ひとそれぞれの　涙のしずくに洗われて　咲きいづるなり」という一節がある「花を奉る」と題する彼女の詩に、慰めを見出した人も少なくなかったのではないだろうか。

『苦海浄土』をどのような心持ちで書いたかを尋ねたことがある。しばらく沈黙したあと彼女は、静かにこう語り始めた。

これまでにないことが起こったのだから、これまでにない様式で書かねばならないと思った。詩のつもりで書きました。書くことは、一人で行う闘いです。今も闘っています、と語った。あのときの佇《たたず》まいを忘れることができない。

石牟礼道子は現代日本で、語らざる者たちの嘆きという、最も大きな問いを生きた書き手の一人であり、真の意味における闘士だった。『苦海浄土』は詩で、石牟礼道子は稀代の詩人だった。

また、しばしば彼女と語り合ったのは、亡き者たちのことだった。石牟礼さんにとって書くとは、自らの思いを表現する以前に、語ることを奪われた者たちの言葉をわが身に宿し、世に送り出すことだった。

坂本きよ子さんという水俣病で亡くなった若い女性がいる。石牟礼さんは彼女を知らない。その母親から伝え聞いた言葉として、石牟礼さんは次のように書いている。

何の恨みも言わじゃった嫁入り前の娘が、たった一枚の桜の花びらば拾うのが、望みでした。それであなたにお願いですが、文《ふみ》ば、チッソの方々に、書いて下さいませんか。いや、世間の方々に。桜の時期に、花びらば一枚、きよ子のかわりに、拾うてやっては下さいませんでしょうか。花の供養に

（「花の文を——寄る辺なき魂の祈り」）

水俣病のため、ほとんど動けなくなった体で、この女性は、何かに導かれるように花びらを拾おうとして、這《は》うように庭に向かい、縁側から転げ落ちる。その姿を母親が見つけたのだった。

もうすぐ桜の花が咲き始める。地に落ちた花びらを手に、きよ子さん、そして石牟礼さんへの哀悼の意を表現することもできるのだろう。

黙する魂を受け止める使命

不思議な人だった。一度読んだら忘れられない、あの熱い律動を宿した文章がどこからくるのか。作品を読むたびに、また、彼女と向き合いつつ言葉を交わすたびに考えていた。

代表作は『苦海浄土　わが水俣病』である。世の中はこの作品を「小説」と呼ぶが、本人はまったく異なる実感を持っていた。

幾度か話したことがある。彼女は、この作品を「詩」であると考えていた。比喩ではない。石牟礼さんにとって詩とは、言葉によって、言葉になり得ないものを表現しようとする試みであり、同時に、自らの心情を語ることがないまま逝かねばならなかった者たちの声を、どうにか受け止めようとする営みだった。

『苦海浄土』には、釜鶴松《かまつるまつ》という重度の水俣病を背負い、言葉を奪われた人の死に瀕《ひん》する姿が、次のように描かれている。

この日はことにわたくしは自分が人間であることの嫌悪感に、耐えがたかった。釜鶴松のかなしげな山羊のような、魚のような瞳と流木じみた姿態と、決して往生できない魂魄《こんぱく》は、この日から全部わたくしの中に移り住んだ。

ここに記されているのが真実であることは、彼女の、どの作品にふれてもすぐに感じられる。彼女が考えていた文学とは、書き手と語らざる者たちによる協同の行いにほかならない。

「釜鶴松」は実在の人物だが、ひとりの優れた漁師の名前だけを意味しているのではなかった。そこには、無名の、そして無数の水俣病患者、深い悲痛を背負って生きながらも、そこから生じる嘆きを語ることのなかった幾多の人々の名前が折り重なっている。

世の中は、成し遂げた業績によって人を評価しがちだが、そうした観点からもっとも遠い場所で石牟礼さんは生きていた。人間を計る「物差し」は、その人が悲しみを生きる姿にある、と彼女はいう。

人間の苦悩を計る物差しはありえまいという悲しみ、じつはその悲しみのみが、この世の姿を量るもっとも深い物差しかと思われます。そういう悲しみの器の中にある存在、文字や知識で量れぬ悲しみを抱えた人間の姿、すなわちその存在そのものが、文字を超えた物差しであるように思われます。

（「名残りの世」『親鸞　不知火よりのことづて』）

誰も、悲しみから逃れることはできず、他者に伝えることのできない悲哀を心に秘めながら生きている。このことを腹の底から知らねばならない、というのである。

情愛のないところには、悲しみは生まれない。悲しみこそ、この世に情愛が存在することのもっとも確かな証《あかし》であることを、彼女の生涯と残された言葉は、静かに、しかし、確かに解き明かしてくれている。

今、私たちは、ひとりの、だが文字通り稀代の、悲しみの詩人を彼岸に送り出す準備をしなくてはならない。そして、たとえわずかであっても、今度は私たちが、彼女の言葉を受け止めなくてはならないのだろう。

偉大なる名無き者

世にいう偉大さという表現からは、ほど遠いところにいた。世間は、石牟礼道子の偉大さをさまざまな方法で讃えたが、彼女はほとんど関心を示さなかった。彼女は、まったく異なる姿をした真の偉大さが、虐げられた者たちの日常に潜んでいるのを知っていた。

評価という行為からも遠いところにいた。彼女は、真に愛するものとの交わりを深めることに人生を費やした。

水俣病事件の被害者たちは彼女にとって、もう一つの親族だった。『苦海浄土　わが水俣病』という表題も比喩ではない。彼女の生涯は、水俣病という人災によって耐え難い嘆きを強いられた人々の人生を「わが」こととして考えることに費やされた。
一九七四年に刊行された『天の病む　実録水俣病闘争』と題する彼女が編纂した本がある。その序文に彼女はこう記している。

手に盾ひとつもたぬものたち、剣ひとつ持たぬものたち、権力を持たぬものたち、全く荒野に生まれ落ちたまま、まるで魚の胎《たい》からでも生まれ落ちたままのようなものたちが、圧倒的強者に立ちむかうときの姿というものが、どんなに胸打つ姿であることか。しかも死にかけているものたちが。もっとも力弱きものたちが人間の偉大さを荷ってしまう一瞬を、わたしたちはかいま見ました。

これが、彼女にとっての英雄たちの姿である。人間の存在は、貧富、才能の優劣あるいは身分の高低によっては、けっして計られない。それが彼女の確信だった。外面的なものの奥に、人間の尊厳を感じ、そこに真の語られざる物語を感じようとしていた。

晩年の数年間、折にふれ、彼女が暮らす施設の一室を訪れることがあった。回数を重ねるごとに言葉は少なくなっていったように思う。

気軽に話すという交流の先に、話さずともよい交わりがあることを彼女は教えてくれていたのかもしれない。

言葉を口にしないでいるとき、ふるえる手で書く、大きな文字で新聞の折り込みチラシの裏に俳句を書いてくれることもあった。

祈るべき天とおもえど天の病む

祈りを捧げようと思い、天を仰ぐ、しかし、このような悲惨な世界をもたらす天ならば、天もまた病んでいるのではないか、というのである。

愛する者の死、生きる意味を見失ったときなど、不条理に接したとき、同質の思いは私たちにも起こっているのではないだろうか。

この句は先に引いた『天の病む』の序文の終わりにある。水俣病事件は終わっていない。そればかりか「いのち」を見失っている時代は、別なかたちで混迷を深めてさえいる。

誰かの心にある、言葉にならないものに出会ったとき、それが石牟礼道子の書き手になる瞬間だった。

目撃した本当の偉大さを同時代の人々に、そして後世の者たちに伝えることが、自らに託された役割だと彼女は信じていた。

彼女の文学は、本当の勇者を、真に偉大なるものを世に見出せと強く促している。今度は私たちが、残された言葉の奥に、言葉たり得ないものを発見する番なのではないだろうか。

生類の嘆きを受けとる者

どうしたら、若い人たちに『苦海浄土　わが水俣病』を伝えていくことができるのか。いのちの尊厳を踏みにじった、水俣病事件を次の世代に語り継ぐことができるのか。このことをめぐって、石牟礼さんとは幾度も話した。会うときは、単に彼女の話を聞くというよりも、小さな「会議」のような心持ちだった。

ある日のこと、考えることに多くの時間と労力を割くようになった現代人は、何かに「ふれる」のが、あるいは「感じる」のが不得意になった、いのちの姿は考えるだけでは現れてこないと思う、と私がいう。すると彼女は、しばらく沈黙したあとこう語った。

「手をたくさん動かすといいですね。手仕事をするとよいと思います」

現代は、なるべく手を動かさずにすむように社会を作ってきた。このことで人は、便利な生活を送れるようになった。しかし、その陰で生けるものへの感覚を見失ったのではないかというのである。

書くという営みは、どこまでも手仕事であらねばならない。彼女はそう考えていた。農夫が土を耕すように、漁夫が網を整えるように手を動かし、この世に糧をもたらす。書き手は言葉という糧をもたらす者でなくてはならないと考えていた。

晩年、病を得て手が思うように動かせなくなっても、彼女は書くのを止めなかった。その姿を時折目にしたが、まるで書くことで大地の感触を確かめているようにさえ映った。頭だけでなく、からだで書く、それが彼女の流儀だった。

原稿用紙ではなく、書くのは新聞の折り込みチラシの裏だった。俳句が記されることもあったが、かつて自分が書いた文章の場合もあった。今もありありとその文字が浮かび上がってくるのは次の言葉だ。

地《つち》の低きところを這《は》う虫に逢えるなり

苦しみと悲しみを背負い、地べたの近くで生きるようになってみてはじめて、ひとは本当の意味で土の上を這う虫に出会うことができるというのである。ここでの「虫」は、いのちあるものすべてを象徴している。石牟礼さんはそれを「生類《しょうるい》」と呼んだ。

先に引いた言葉は、『苦海浄土』の第三部のはじめに置かれた「序詞」にある。この言葉を彼女はまるで、大切な人から与えられた言葉の護符のように思っていた。彼女にとって書くとは、おのれの心情を十分に語ることのないまま逝かねばならなかった者たちの、秘められたおもいを受け止めることだった。

水俣病事件は、チッソという企業が、有機水銀を工業排水として川に放出したところに始まる。それが海へと流れ込み、そこで暮らす魚や貝などの生き物に蓄積する。そしてそれらを食す猫などの動物、人間のいのちを奪った。もちろん、海の生き物も多く死んだ。

最優先されたのは、企業の収益と経済発展という夢想だった。この事件は、人類による生類の命に対する冒瀆だと彼女は感じていた。

「いのち」とは何かを考えるためには私たちは、まず「虫」の眼をよみがえらせなくてはならない。それが石牟礼道子の遺言だったように思われる。

亡き者たちの季節

稀代の書き手であるのはいうまでもないが同時に、何ともいえない魅力的な語り手だった。魅力という言葉では十分ではない。少し難しい言葉だが、石牟礼道子の語りを思い出すと蠱惑《こわく》的といった方がしっくりくる。

「蠱惑」という言葉を辞書で調べると、あやしい魅力で人を惑わすこと、などと記されているが、文学の世界ではこの言葉を、もっと積極的に用いる。容易に言葉にできない、しかし何とも美しいものに出会った衝撃と喜びを意味する一語なのである。

二人で会っているときも、大勢の人の前で話すときも言葉のちからは変わらなかった。さらにいえば多くを語らず、沈黙のなかに身を置いているときでさえ、その空間には、ある意味のうごめきが存在しているのがはっきりと感じられた。初めて会った日には緊張のあまりよくわからなかったが、二度目以降、明瞭に認識できたのは、石牟礼道子に会うとは彼女に言葉を託した亡き者たちに会うことでもある、ということだった。

代表作『苦海浄土　わが水俣病』だけでなく、島原の乱を描いた『アニマの鳥』でも語りの言葉はみな、彼方の世界からやってきて、彼女はそれを受け取る器になっている。たとえば、『苦海浄土』には次のような一節がある。

わたくしはその白髪を抜かない。生まれつつある年月に対する想いがそうさせる。大切に、櫛目《くし》も入れない振りわけ髪のひさしにとっておく。わたくしの死者たちは、終わらない死へむけてどんどん老いてゆく。そして、木の葉とともに舞い落ちてくる。それは全部わたくしのものである。

「白髪」の一本一本は、彼女にとって、言葉を奪われ、亡くなっていった者たちの顕《あら》われだ、というのである。死者たちは、彼女と共に「終わらない」もう一つの生を生きている。彼女にとって書くとは、亡き者らと共にあって、はじめて起こる出来事だった。

最後に会った日、別れ際に彼女は、どうしたら自分の心を空《から》にできるか考えています、と語っていた。

書き手に求められているのは、自らの思いを込め、工夫をこらすことよりも、思いを鎮《しず》め、どこからかやってくる無音の「声」を聞き、言葉の通路になりきろうとすることだというのである。

水俣で過ごした幼年時代からの日々を描いた『椿の海の記』のはじめには「死民たちの春」と題する五行詩がある。

ときじくの

かぐの木の実の花の香り立つ
わがふるさとの
春と夏とのあいだに
もうひとつの季節がある

「ときじくの／かぐの木の実の花の香り立つ」とは、『古事記』に記されている彼方の世界「常世《とこよ》の国」にあって季節を問わず豊かな香りを放つ木の実を指す。亡き者たちの沈黙の声は、木の実の「香り」のように彼女のもとを訪れていたのだろう。

「死民」とは、水俣病運動で用いられた言葉だった。運動においても、執筆あるいは語りにおいても石牟礼道子は、つねに亡き者たちと共にあった。

もうすぐ「もうひとつの季節」がやってくる。今度は私たちが、彼女と共にやってくる亡き者たちの声に耳を傾けねばならないのだろう。

荘厳を証《あかし》する者

もし、時間を五十年ほど戻すことができて、一九七〇年、『苦海浄土　わが水俣病』が刊行された翌年に編集者となり、自由に対談を組むことを許されたら、迷わず石牟礼道子と神谷美恵子を招く。

年齢は神谷の方が一回りほど上だが、二人は共に水俣病、ハンセン病という語り得ぬ苦渋と悲痛の経験を背負い、語ることを奪われた者たちの、声にならない呻《うめ》きに、言葉という姿を与えるため、人生の大部を賭《と》したことによって強く響き合う。

神谷は、岡山県のハンセン病療養施設長島《ながしま》愛生《あいせい》園に精神科医として赴き、さまざまな壁を乗り越え『生きがいについて』（一九六六）を書いた。

この本の終わりの方で神谷は、真の意味における「宗教」と「生きがい」との関係にふれ、宗教は「そのひとが宗教集団に属する属さないにかかわりなく、どんなところにひとりころがされていても、そのひとのよりどころとなりうるはずで」あり、「必ずしも既成宗教の形態と必然的な関係はなく、むしろ宗教という形をとる以前の心のありかたを意味するのではないか」という。

組織も建造物も教典も教義も必要としない「宗教」、それは石牟礼道子が描き出そうとした本当の「宗教」だった。

カトリックの司祭だったことのある思想家、イヴァン・イリイチとの対談で石牟礼は「極端な言い方かもしれませんが」と断りながら、「水俣を体験することによって、私たちがいままで知っていた宗教はすべて滅びたという感じを受けました」と語っている。

知性や教養、利己主義を充足させるための宗教ではなく、魂を荘厳《しょうごん》するものとしての「宗教」の復活に参与すること、それが石牟礼道子の悲願だった。

沈黙を強いられた者の声を聞き、開かれた「宗教」の地平を準備した二人には共通の敬愛する先行者がいた。内村鑑三である。

ある時期まで神谷は、熱心な無教会のキリスト者だった。初めてハンセン病施設へと彼女を導いた叔父金澤常雄も、「この世で出会ったほとんど唯一の師」(「三谷先生との出あい」)と呼んだ三谷隆正も内村に長く師事したキリスト者だった。

石牟礼は、熱心な内村の読者だった。内村との縁をつないだのは足尾銅山鉱毒事件であり、このとき民衆の救済に奔走した田中正造である。「わたくしは、おのれの水俣病事件から発して足尾鉱毒事件史の迷路、あるいは冥路のなかにたどりついた」(「こころ燐にそまる日に」)と石牟礼は書いている。

世の多くは鉱毒事件で被害者救済に奔走する田中を奇異の目で見ていた中で、内村はいち早く田中への支持を表明し、足尾に赴くなどして行動を共にした。二人の境涯を石牟礼はこう記している。

人間の内なる力をよびさますため、鑑三がひたすら聖書に直入しようとしたのにたいし、彼の前をゆく蓬髪の人田中正造は、破壊されつくした谷中「水村」の村民らの中に入り、「カモ・アヒルのごとき」晩年を送った。「聖書の実行」である。たやすくはここまでは近づけない。

（「言葉の種子」『葛のしとね』）

彼女がいうように、この道はけっして容易ではない。しかし、石牟礼道子の生涯を振り返るとき、彼女が、言葉の奥に潜む意味の深みへ「直入」することで、亡き者たちの声を映しとることに人生の大部を注ぎ込んだことが分かる。

その言葉は、紙の上に記されるとは限らなかった。あるときは路上で、またあるときは多くの人を集めた会場で、住まいの小さな部屋で訪れる者たちに語られることもあった。

晩年の彼女に『苦海浄土』を書いたとき、どんな心持ちだったかを聞いたことがある。そのとき彼女は少し沈黙したあと、荘厳《しょうごん》されるようだった、と語った。

「荘厳」とは仏教の言葉で、浄土真宗でよく用いられるが、彼女がいう意味はそれに限定されない。それは存在の深みから、亡き者を含む「神さま」たちに照らし出されることを意味する。別なところでは「人間世界と申しますのは、このように生々しいゆえに、荘厳ということがより必要になってくるかと思います」（「名残の世」）とも述べている。

彼女はどこまでも、語らざる者たちの手となって文字を書き、口となって語ろうとした。彼女が残した言葉は、受難を生きた者の悲痛だけではない。耐えがたい労苦を背負った者たちによって荘厳されるという出来事の証言でもあった。

人が死ぬということは、その人とより深く逢いなおすことのようです。生きているうちにそれが果せぬゆえに、人は美しくなって死に向うのでしょうか。

（「含羞に殉ず」『花をたてまつる』）

自分で書いた言葉の道を彼女は今、ひとり歩いている。私たちと「より深く逢いなおす」ためにである。

II

二つの「自伝」

水俣病運動の真っ只中にあったとき、石牟礼道子は叡知を求めて足尾銅山鉱毒事件で闘った人々の軌跡に学んだ。同様に私たちは、東日本大震災後の日本を考えるとき、水俣病の患者と共にある石牟礼道子の言葉に、何か道標のようなものを見いだすことができるのではないか。

『葭《よし》の渚』は、石牟礼の「自伝」である。この本に記されているのは四十代はじめの頃まで、世が彼女の存在を知ることになる『苦海浄土　わが水俣病』の執筆が本格的に始まる頃である。それ以降の彼女の精神的自叙伝というべき著作が『花の億土へ』だ。

これら二つの著作は、内部で分かちがたく結びついている。むしろ、二作を一巻の作品として読むことで、はじめて見えてくる豊饒《ほうじょう》な言葉がこの二冊の間に潜んでいる。「自伝」には、こんな一節がある。

〔水俣病〕患者さんの思いが私の中に入ってきて、その人たちになり代わって書いているような気持ちだった。自然に筆が動き、それはおのずから物語になっていった。

水俣病患者だけではない。彼女は「生ける」ものすべての言葉にならないコトバを聞いた。

そこには詩人で女性史家だった高群逸枝《たかむれいつえ》のような先人もいれば、彼女が幼い頃すでに、心の病を背負っていた祖母、さらには花、石、川、海、空、天などが彼女にコトバを託した。「自伝」ではその軌跡がなまなましく語られている。

石牟礼にとって書くとは、自己表現の手段であるより、語ることのない何ものかから託された言葉を世に刻むことだった。それは封印された他者の悲しみを引き受けることでもあったが同時に、その悲しみの奥にある尽きることのない情愛を経験することでもあった。『花の億土へ』にはこう記されている。

美とは悲しみです。悲しみがないと美は生まれないと思う。意識するとしないとにかかわらず、体験するとしないとにかかわらず、背中合わせになっていると思います。そしてあまり近代的な合理主義では、悲しみも美もすくいとれないです。

悲しみに美を、美の奥に隠された悲しみを見る。現代では、こうした存在の深みがしばしば、見過ごされているのではないだろうか。

言葉の彼方にあるもの

本当に語りたい、心から誰かに伝えたいと、そう願うおもいこそ、言葉にならない。年を重ねるごとに私たちは、そうした経験を積み重ねていく。言葉が足りないからではない。たとえ、どんなに流暢《りゅうちょう》に言葉を用いるようになっても、切なる「おもい」はいつも、言葉の届かないところにたゆたっているからである。

だが、世の中は、語られたことで満ちあふれ、人は、語られたことのなかに真実を見つけようとする。そこに原因と結果を探すのである。

ある時期まで、熊本県水俣市にあるチッソ株式会社水俣工場は、猛毒である有機水銀をふくむ汚染水を河口に流しつづけていた。それは、有害であると分かってからも続けられた。工業排水が不知火海《しらぬい》に流れ込み、魚の体内に有機水銀が蓄積され、その魚を食べた人々が水俣病になった。

水俣だけでなく当時の日本には、有機水銀が混入した工業排水を放出している工場は複数あった。その一つが新潟県鹿瀬町（現・阿賀町）にあった昭和電工鹿瀬工場である。

この工場が阿賀野川流域に有機水銀に汚染された水を流し、それを取り込んだ川魚を食した人々が、水俣病と同様の病状を背負うことになる。ここで起こったことはのちに「第二水俣病」「新潟水俣病」と呼ばれる。

どちらの「水俣病」も完全な人為的な事故であり、原因は人間にある。それらは「水俣病事件」と呼ぶべきなのだろう。

これらの出来事の実情を描き出した石牟礼道子の『苦海浄土　わが水俣病』には、次のような一節がある。「杢《もく》」は、水俣病を背負う少年の名前で、語るのは少年を世話する祖父である。

杢は、こやつぁ、ものをいいきらんばってん、ひと一倍、魂の深か子でござす。耳だけが助かってほげとります。

何でもききわけますと。ききわけはでくるが、自分が語るちゅうこたできまっせん。


有機水銀の影響は、まず海に棲《す》む生き物、魚や貝に及び、それらを食べた猫や小動物、そしてついに漁民たちの心身を襲った。この猛毒はまず、神経を冒す。次第に影響は身体全体に広がり、からだは何か強い力に捻《ね》じ曲げられたようになり、話すことを奪われることもある。

杢少年は、言葉を発することができない。しかし彼には、自分たちを差別するすべての声は聞こえている。彼の「耳」は、声にならない微細なおもいさえ、感じとっていた。それゆえに彼の祖父は、「ひと一倍、魂の深」い子どもだという。

『苦海浄土』には杢少年と同様、語らざる者たちのおもい、言葉になろうとしないうめきの声が響きわたっている。

もっとも深く悲しみ嘆く者が、自身の苦痛を語ることを奪われている。こうしたとき私たちは、いったい、どこに、どうやって真実を探せばよいのだろう。

水俣病は一九六五年に公式に確認された。一九五九年の時点ですでに熊本大学や当時の厚生省の研究班は、有機水銀による公害病である可能性が高いことを突き止め、国、企業の側に報告している。だが、チッソによる有機水銀の放出が止むのはそれから九年後の一九六八年である。昭和電工が製品の製造を止めるのは一九六五年のことだった。

この期間、日本はあきらかに人間のいのちよりも経済発展を優先させた。そうした決断がどこへ人間を導くのか。現代に生きる私たちはまさにそれを目撃しつつあるのではないだろうか。

光の言葉――志村ふくみと石牟礼道子『遺言　対談と往復書簡』を読む

副題にあるとおり、本書は志村ふくみと石牟礼道子の間で交わされた往復書簡と、二度にわたって行われた対談の記録である。そこに石牟礼の新作能「沖宮《おきのみや》」が、円卓に静かに添えられた花のような姿をして収められている。

『遺言』と題するところにも、一切の比喩はない。読者が目にするのは、光に導かれ、彼方の世界からの言葉を受け取る二人は、わが身に刻まれた叡知をどうにかして、続く者に伝えようとする姿である。

対話のきっかけは、東日本大震災の二日後、志村が石牟礼に送った手紙だった。

こうしたときだからこそ「ただ仕事をするしかありません。本を読み、考えるしかありません。石牟礼さん、本当にどうしたらいいのでしょう。今また水俣の哀しみが湧いてきました」と志村は書き送った。

「水俣の哀しみ」とは、今日も続いている水俣病をめぐる出来事を指す。水俣病は人類だけではない。生けるものすべて、「生類《しょうるい》」が存続する基盤を破砕した。水俣病運動に参加した人々が、いつしか足尾銅山鉱毒事件に還《かえ》り、歴史に学ぶことで今に活路を見いだそうとしたように、震災後の日本は今、水俣と歴史と真摯に向き合うことなしには進めないところに来ている。

こうした状況下で志村が、ほとんど本能的に、『苦海浄土　わが水俣病』の作者に向かって胸の内を明かしていたことは記憶されてよい。

今では水俣と震災後の関係を指摘する者も少なくないが、志村のように震災の二日後にそれをはっきりと感じ得た者はどれほどいただろう。

この本に収められている書簡の多くは、公開されることを意図して書かれたものではない。作者たちは、書物を作ろうとして言葉を交え始めたのではなかった。折り重なる言葉が書物に結実したのである。

二人の交流の歴史は長い。互いの作品にふれ、しばしば文章を書いている。石牟礼の詩文は、志村が染織作品をつくるとき、霊感の源泉になり、志村の染めた糸は、石牟礼の魂の護符となった。志村の文章にふれ、石牟礼は「魂が発色したよう」だと語っている。さらに、志村ふくみが、同時代における石牟礼道子のもっとも精確な読み手の一人であることも記憶しておいてよい。

対談の中で志村は、つぶやくようにこう言っている。

最後かしらと思って、こういう仕事も。でも、誰かに伝えたいんですよね。

言葉はすでに宿っている。受け継ぐ者はどこにいるのかと彼女は穏やかに、しかし高らかに問うのである。

この本にはいくつかの鍵となる言葉がある。「伝える」もその一つである。「霊性」、あるいは「光」もそこに連なる。

書簡で石牟礼は、自らが新作能の草稿で描き出す天草四郎にふれ、「霊性が足りず、近代的な学校秀才のようになってしまった」と嘆く。

知性的世界の彼方、霊性の境域を凝視しながら石牟礼は、未知なる読者にむけて、いつまでも言葉の推敲を重ねていた。また石牟礼は、志村が染める色にふれ、感覚に訴えるだけでなく「霊性に転化するということをまざまざと感じます」と語っている。

染めると、じつに美しい薄青色となる「臭木《くさぎ》」と呼ばれる植物がある。文字通り、その植物はある臭気を放つ。しかしそこから生まれた青を志村は、「水縹《みはなだ》」あるいは「天青《てんせい》」と呼ぶ。

彼女は、人が疎《うと》ましいと思うような草の奥に、魂を底から照らし出す色が潜んでいることから眼を離さない。

色は「光の子供たち」であり、「どこか見えない世界からの訪れ」、「音信」であり、ときにそれは「警告」でもあるという。

新作能「沖宮」をめぐって話していたとき、死に話が及んだ。すると石牟礼は穏やかに、しかし確信に満ちたようにこう語った。

沖宮に行くのは、死にに行くんじゃない、生き返るための道行なんです。

光の言葉で記された、字義通りの「遺言」である。遺言に籠《こ》められているのは、書いた者の意思の表明よりも、意思の伝承である。記されたことの実現は、それを読む者に託されている。

煩悩を愛しむ詩人

『苦海浄土　わが水俣病』が、第一回大宅壮一ノンフィクション賞に内定したとき、作者はそれを辞退した。その決断の奥には、作家の謙遜の思いもあったのだろうが、何よりも真の作者は自分ではない、という実感があったのではあるまいか。

水俣病の実情がほとんど知られていない時代、彼女は語ることを奪われた者たちの手となり、口となってその思いを世に届けようとした。しかし世は、彼女に栄誉を与えようとし、亡き者、苦しむ者に十分な関心を抱かなかった。今から、およそ半世紀ほど前のことである。

このたび（二〇一七年）、仏教伝道文化賞の受賞を受諾したところにも同質の気持ちがあったのだろう。仏の道を世に伝えることに何らかのはたらきがあったとしたら、それは自らの成果ではなく、彼女を不可視な姿で支え、ときにその言葉の源泉となった亡き者たちである。そうした強い思いが作家にあったことは疑い得ない。

さまざまな作品を通じて石牟礼は、仏教に言及してきた。だが、彼女が関心を抱いたのは仏教という定まった教えであるより、仏道という一条の道だったように思われる。「名残りの世」と題する講演で彼女は「煩悩」にふれ、次のように述べている。

仏教では繰り返し末世の到来を説きながらきたわけですが、わたしたちは煩悩――若い人には煩悩という言葉は聞き慣れないかとも思います。非常にもどかしくて言い得ないのですが、狩野芳崖《かのうほうがい》が描きました悲母観音の図、神秘的な、東洋の魂のもっとも深い世界を、日本人の宗教意識のもっとも奥のところを描ききった名作だと思いますけれど、わたしが申しますときの煩悩の世界とは、あの絵のような世界を思い浮かべております。

芳崖の「悲母観音」には、観音が弱き幼子を庇護し、慈しむ姿が、荘厳な光景のうちに描き出されている。幼き者にも煩悩はある。だからこそ人は、絶対の大悲者を求めずにいられない。煩悩は打ち消すものではなく、深めるべきものではないのか、というのである。

こうした仏道の深秘を世に闡明《せんめい》した作家であり詩人が、亡き者たちと共に本賞を受賞するのは、実に喜ばしく、同じ時代者として誇りにすら感じる。衷心《ちゅうしん》からの讃辞を送りたい。

III

荘厳の詩学——石牟礼道子の原点

『三田文學』との出会い

若松　『三田文學』で、石牟礼さんの特集を組みたいと思っておりまして、本日、お話を伺わせていただきに参りました。以前にお邪魔したとき、若い頃に『三田文學』をご覧になったことがあると聞きました。

石牟礼　はい、水俣の書店にあったのです。『文藝春秋』などと比べると薄く青い表紙でした。

若松　お幾つくらいのことでしょうか。

石牟礼　十代の頃だったと思います。文学雑誌など見たことなかったのですが、大変鮮烈な思いでした。何が書いてあったのかは忘れましたけれど、特殊な雑誌だと思いました。大変めずらしかったので買った覚えがあります。

若松　石牟礼さんが、主体的に文学にご関心をお持ちになったのは、どのくらいの時期なのでしょうか。文章を書いてみたいとか、文学を意識して読むようになったのは何歳くらいからだったのでしょう。

石牟礼　特別、文学というものを意識したことはありませんでした。文学を知らなかったのです。

わが家は知的な家庭ではなくて、石屋でした。お墓や祈念碑、神社の狛犬、鳥居などを刻むのです。また、道を作る石垣のため、石を切り出して船に積んで来ます。石は、薩摩の長島の方から祖父が運んで来ました。祖父は大変に石が好きで、石を見る神様と言われていました。石が好きというのがわが家の特徴です。家族で石、石材のことをいつも話題にしていました。ただ、伯父は、心臓が悪かったのですが、本――書物といっていました――書物が好きで、周囲から「書物神様」と言われていました。
　周りには本を読む人があまりなく、教養主義などのかけらもありません。家にあった書物といえば『キング』などでした。『譚海《たんかい》』や小型の雑誌で『家の光』もありました。今でもはっきりと覚えていますが、雑誌か本で『大菩薩峠』を読みました。巡礼のおじいさんと孫娘に会って、主人公の机龍之介《つくえりゅうのすけ》が、おじいさんを斬り殺す場面があります。娘を水汲みにやって離れた隙に斬り殺すのです。何の意味もなく斬り殺すというのが印象に残っています。机龍之介の虚無主義のようなものを感じました。

若松　何歳くらいのことでしょうか。

石牟礼　まだ学校に行っていない頃のことです。雑誌の文章には、振り仮名が付いていて、子供でも読むことができました。

若松　「書く」方はいかがでしょうか。

石牟礼　学校に上がったとき、綴り方の時間が大好きでした。鐘がなってもまだ書いていました。もうやめんかい、と先生から言われました。チッソ工場につながる道に栄町という町があります。栄町のことを書くと、現実の栄町と文章の中に立ち現れる栄町が生まれ変わったように生き生き感じられたのです。書くことができるのだ、再現することができるのだと思いました。

若松　再現というよりも生まれ変わらせるという感じなのでしょうか。石牟礼さんがお書きになる栄町は、現実の栄町とは少し違います。様相というよりも位相が違う。

石牟礼　魂が入るということ。

若松　書くことによって、魂と呼ぶべき何かが吹き込まれるという実感は、その頃からおありだったのでしょうか。

石牟礼　はい。書くのは大変おもしろいと思いました。

もう一つ、書くことのきっかけは、鶴見祐輔という人が『キング』に出ていたのです。「つるみゆうすけ」とルビもふってあって、人の名前らしかったので父に訊きました。人の名前だと父がいうので、何をする人かと尋ねたら、雄弁家だというのです。雄弁家という言葉が分からなかった。父も知らず、説明をしてくれませんでした。鶴見祐輔のことは非常に鮮烈に覚えています。鶴見和子さんに、このことを言おうかと思ったのですが、言わないうちに亡くなってしまいましたので、先だって亡くなられた弟の鶴見俊輔さんに三年くらい前、手紙を書きました。字を覚えた始めにお父様のお名前が頭に入りまして、お世話になりましたと書きましたら、お返事をいただきました。和子さんにも伝えれば良かったと思います。

若松　のちに深く交流なさる鶴見和子・俊輔姉弟のお父さんが、石牟礼さんが文章を書くきっかけになっているのは興味深いですね。

『苦海浄土』の誕生

若松　『苦海浄土　わが水俣病』をお書きになったとき、石牟礼さんはまだ、世に知られた書き手ではありませんでした。水俣病患者とその家族の実状にふれ、書かなければならないという使命感はもちろんおありだったと思いますが、当時の石牟礼さんの内心の思い、書こうと思い立ったときの心境を伺わせてくださ い。

石牟礼　当時、息子は小学校五年生で、結核で入院していました。その病院の中庭に新しい病棟が建ちました。建物が出来上がっていくのを見ていたのですが、出来上がりましたある夕方、屋上に全身包帯をした人、顔も頭も包帯をした人が、ゆっくりゆっくり歩いていらっしゃる。皆が、入院している人たちは奇病患者だと言う。

たしかに「奇病」と言っていました。よく見ていると普通の歩き方ではなく、傾きながらゆっくりゆっくり歩いている。頭をぐるぐる巻きにしているので訊いてみたら、チッソの工員で硝酸係だったのが、硝酸を頭からかぶって火傷をなさったという。このとき硝酸は火傷をするのだと知りました。見るもむごい姿になられて、チッソを辞め、退職金で船を買って魚釣りに行かれるようになった。そして水俣病、奇病になりなさったということが分かったのです。

結核患者の隣の病棟でしたから、あるとき、お見舞いに行きました。『苦海浄土』に書きました釜鶴松《かまつるまつ》という人のところに行ったのです。病院の院長さんに承諾を得て向かいましたら、漫画本を胸の上に立てておられた。上に立てようとなさったけれども、手がかなわないので、上手く立てられないのです。漫画本が逆さになっているのを見て、読むためではなく、ついたての代わりだと分かりました。私は拒否されたわけです。そのように人に会って、拒否されたことははじめてでした。顔がひがんでいて、壁を見たら、青い新しい壁を掻きむしった痕《あと》が付いている。ショックを受けました。

若松　釜鶴松さんにふれた『苦海浄土』の一節を読ませてください。

彼はいかにもいとわしく恐ろしいものをみるように、見えない目でわたくしを見たのである。肋骨の上におかれたマンガ本は、おそらく彼が生涯押し立てていた帆柱《ほばしら》のようなものであり、残された彼の尊厳のようなものにちがいなかった。まさに死なんとしている彼がそなえているその尊厳さの前では、わたくしは――彼のいかにもいとわしいものをみるような目つきの前では――侮蔑《ぶべつ》にさえ価いする存在だった。実さい、稚《おさな》い兎か魚のようなかなしげな、全く無防禦なものになってしまい、恐ろしげに後ずさりしているような彼の絶望的な瞳のずっと奥の方には、けだるそうなかすかな侮蔑が感ぜられた。

石牟礼　どうして水俣病のようなことが起こらなければならないのか。このとき、自分が人間であることがとても嫌に思えました。『苦海浄土』ではこのときのことを「この日はことにわたくしは自分が人間であることの嫌悪感に、耐えがたかった」と書きました。それからも時々、その病棟に行くようになりました。

若松　先の一節に石牟礼さんは、次のように続けました。「釜鶴松のかなしげな山羊のような、魚のような瞳と流木じみた姿態と、決して往生できない魂魄は、この日から全部わたくしの中に移り住んだ」。

こうした言葉に充ちている『苦海浄土』のような特異な作品は、いわゆる強い関心だけで生むことはできないと思うのです。また石牟礼さんも、書かないでいることもできたわけです。書くことで蒙《こうむ》らなければならない試練もある。実際に患者さんたちにふれてから、その現状と歴史を書こうとされるまでにはどのような心的な変化があったのでしょうか。

石牟礼　一介の主婦でしたが、人間とは何かというテーマがいつも胸にありました。

育ち方もあるかもしれません。祖母が発狂していて、普通の家庭ではありませんでした。祖母のお守《も》りは私がしていました。そうした、書くことを促すような出来事は小さいころから周辺に、毎日、ありました。

若松　書かずにはいられないと思う一方で、自分の意思とは別な、何かもう少し違う働きに用いられるような感じはあるのでしょうか。

石牟礼　そうですね。

若松　現代の書き手たちは努力して良い作品を書こうとします。でも『苦海浄土』はそのような作品ではない。作品を拝見していると、石牟礼さんが自分で努力して書いた、というのとは少し異なる様子の言葉があるように感じられます。

石牟礼　はい。

若松　そういう作品が生まれてくるとき、書き手の内面では何が起こっているのか、もう少し聞かせてください。

石牟礼　生まれ直す……といった感じなのです。世に同じ人は二人といません。

それぞれが、刻々と変化しながら毎日を生きている。そうしたことを深く感じるのです。

たとえば、先ほどお話しした祖母も、私と話すときは正気です。普通のお婆さんです。「みっちんかい、みっちんかい」と言って背中をなでてくれる。祖母の姿を見ていると痛ましく感じます。片足は象皮病になっていました。盲目だったのですが、いつも私の髪についた虱《しらみ》をとってくれた。小さいころ、髪の毛に虱が卵を産み付けるのですが、見えないはずなのに、その卵が分かるのです。髪を分けながらしごき取ってくれる、卵をつぶしてくれる。

若松　それは石牟礼さんが何歳くらいのときでしょうか。

石牟礼　まだ小さいときです。三、四歳だと思います。私もお返しに祖母の手入れをしない蓬髪《ほうはつ》の白髪――手入れをしない長い髪というのはきちがいさんのすがたです――に櫛を通して、綺麗に結って、上げて、ぺんぺん草を摘んで髪を飾っていました。髪結さんが近所にいたのです。

生家の近所には女郎屋がありました。娘たちは十五、六で天草から売られて来るのです。そこで暮らすお姉さんたちが昼風呂に入って髪結に行くのですが、彼女たちが通ると町の女房たちは、「女郎が昼風呂に入ってよか身分じゃねえ」とか言って、ぺっと唾を吐く。そのように女郎さんは卑しめられていた。ですが、女郎さんたちはとても親切で、盲目の祖母が徘徊していると、「ほら、ばばさまが」といって連れて帰ってくれるのです。そうしたこともあって、私の家では女郎さんのことを卑しめなかった。

若松　石牟礼さんは『苦海浄土』で世に書き手として知られていくわけですが、そうでなくてもやはり文章をお書きになったのですね。『椿の海の記』で書かれているように、小さい頃に見た、虐げられた人たちのことなどをきっとお書きになった。

石牟礼　そうですね。書いたと思います。

「荘厳」の経験

若松　石牟礼さんは「荘厳《しょうごん》」という言葉をしばしばお使いになります。浄土真宗などでもよく使う古い言葉なのですが、石牟礼さんが使われて、新しい意味を伴って、よみがえってきたように感じています。「荘厳」とは石牟礼さんにとって、どのような実感を伴う言葉なのでしょうか。

石牟礼　どんな感じでしょう……。（二分ほど沈黙）

生家の先隣の女郎屋が二階建てで、昼風呂に入った少女たちがお湯道具を持って家の前を通ったりするのです。その中の一人に私はとてもかわいがられていました。家から彼女たちがお化粧をするのが見えるのです。髪を結うのも後ろから眺めていました。通りかかると覗きたい。上がり込んで眺めていたこともあります。女の子にとって髪飾りは魅力的です。髪も自分で結えます。今でも覚えています。若い女郎さんたちはつぶし島田でした。

あるとき、私をとてもかわいがってくれていた「ぽんた」という名前の女郎さんが殺されました。殺されたときは町内中の人が見に行きました。普段、一番朝寝をする家なので、昼にならないと戸口が開かない。殺されたそうだという噂は一夜のうちに拡がって、町内の人たちが戸口の前に坐って待っている。ぽんたは息の切れる寸前にただひと声、「おっかーん」と言ったそうで、自分の母親を呼んだのか、妓楼《ぎろう》の女主人を呼んだのか、わかりません。

すると、戸が開けられて四人で畳が出されました。畳半畳くらいぐっしょりと血がついて、戸の前に立てかけられました。たらりたらりと地面に流れ出す。当時の道は泥ですから、すっとは流れない。血を含みながら道の土がふくらんでいくのを見て、みんなじりじり後ずさりをしました。私も、一番前でしゃがんでいたのですが、泥がゆっくり血を含んでふくれながら流れてくるのを眺めて後ずさりした。

翌日、解剖するというので、また人々が周りを取り囲んでいました。私も行くと、裏口から出るそうだという声が聞こえる。みんなどっと裏口に行く。すると、戸板にのせられたぽんたが仰向けになって、粗筵《あらむしろ》をかぶせてありました。足の裏が見えたのですが、泥で大変汚れている。いつも綺麗にお化粧しているぽんたと違う、ぽんたの素足が田んぼの泥で汚れている、と思いました。着物の裾がちらりと見えたのですが、それは粗末な着物でした。娘を売るということはこういうことなのかと思いました。みんなが見ているから、遺体を運ぶとき、せめて普段着ているお客様用の着物を着せればいいのにと思いました。

売られて来たときの着物だと思いました。貧しい家の娘の着物です。売られていくのに、親も一番いい着物を着せればいいのに、持ち合わせなかったのでしょう。とても粗末な色の付いた着物でした。包帯のようなもので戸板を吊って、前に二人、後に二人で、天秤棒みたいなもので担いで行きました。粗筵をかけてあるから顔は見えない。足だけが見えました。

すると、近所の人たちが手を合わせて、南無阿弥陀仏、南無阿弥陀仏と唱えました。荘厳な景色でした。皆さんの声が、かわいそうに、南無阿弥陀仏、南無阿弥陀仏。しんと静まって、南無阿弥陀仏、南無阿弥陀仏という声が唱和され、町内中が芯から南無阿弥陀仏と唱えました。私も手を合わせました。

若松　石牟礼さんの文学には、『苦海浄土』と『椿の海の記』や自伝『葭《よし》の渚』などが重層的に読まれることによって開かれてくる、水俣病とも、追憶とも違う、もう一つの世界が潜んでいるように思います。石牟礼さんのなかでは、小さなところに起こった様々な人々との出会いと、釜鶴松さんのような水俣病の方たちとの出会いが深くつながっているように感じられます。

石牟礼　はい、つながっています。

「花の文を」と坂本きよ子

若松　最後に、坂本きよ子さんのことを少し伺わせてください。彼女自身は水俣病になって、からだの自由を奪われ、何も思いを語り得ぬまま、若くして亡くなっていった。しかし彼女は、言葉とはまったく違う、たくさんのものを残していった。石牟礼さんは、きよ子さんご自身に会ったことはおありにならないのですが、お母様からきよ子さんにまつわるお話を聞かれて、「花の文《ふみ》を──寄る辺なき魂の祈り」(『中央公論』二〇一三年一月号)をはじめ、幾つかの作品に書かれています。彼女との「邂逅」は、石牟礼さんにとって非常に重要な出来事だったように感じられるのです。

ある日、きよ子さんは、自由にならないからだで、舞い散る桜の花びらを拾おうとする。

石牟礼　お母さんが留守をしている間に、縁側から地面に転げ落ちて、這《は》うていって、花びらば拾おうとしていた。体の自由のかなわない若い娘さんが、地面ば這うていって、花びらば拾おうとしていた。桜の花びらもかわいそうに、地面にねじりつけられて。
何の恨みも言わなかったきよ子の望みは、花びらば拾うことでございました。きよ子の代わりに、花びらば一枚拾ってやってください、文ば書いてください。チッソの方々に、いや世間の方々に。きよ子の代わりに花びらば、花が咲きましたら花びらば、一枚でようございます、拾うてやってくださいませ。文ば書いてくださいませ……とお母さんはおっしゃいました。手紙とはおっしゃらず、文ば書いてくれとおっしゃった。文というのは普通庶民が言うときは恋文のことです。どれほど痛切な気持ちだったか。肘が泥だらけになって。きよ子の望みは花びらば一枚拾うことだったとおっしゃいました。

若松　「花の文を」の一節を読んでみます。

きよ子は手も足もよじれてきて、手足が縄のようによじれて、わが身を縛っておりましたが、見るのも辛うして。

それがあなた、死にました年でしたが、桜の花の散りますす頃に。私がちょっと留守をしとりましたら、縁側に転げ出て、縁から落ちて、地面に這うとりましたですよ。たまがって駆け寄りましたら、かなわん指で、桜の花びらば拾おうとしよりましたです。曲った指で地面ににじりつけて、肘から血ぃ出して、「おかしゃん、はなば」ちゅうて花びらば指すとですもんね。花もあなた、かわいそうに、地面ににじりつけられて。

何の恨みも言わじゃった嫁入り前の娘が、たった一枚の桜の花びらば拾うのが、望みでした。それであなたにお願いですが、文《ふみ》ば、チッソの方々に、書いて下さいませんか。いや、世間の方々に。桜の時期に、花びらば一枚、きよ子のかわりに、拾うてやっては下さいませんでしょうか。花の供養に

私は、石牟礼さんの文章を通じてしか、きよ子さんを知らないのですが、石牟礼さんの作品を読んで、人と人は、面と向かって会うという仕方でなくても会え

るのだと感じました。きよ子さんは私にとっても、とてもなつかしい人で、他人の気がしないのです。もちろん会っていないのですが、会ったような心持ちがしています。魂と魂が出会うのでしょうか。

石牟礼　そう思っていただくとありがたいです。水俣病運動に参加していた頃、東京の活動家から石牟礼さんは魂というのを信じていますかと言われました。信じております、と言ったら、魂は、科学で証明できないとおっしゃる。この人たちは、人間をこんな風に思っているのだと思いました。

若松　「水俣病展」に行くと、多くの遺影のなかに、きよ子さんの絵が飾ってございますね。写真ではなく、絵ですね。

石牟礼　遺影展の中でもひときわ印象的です。手足はねじれて、紐でしばったようにねじれておりました、手足も細くなってしまって曲がって、自分ば縛ったごつなっておりましたけど、布団ば、着物ば着せてもらってよか姿にして下さいました、とお母様はおっしゃった。

若松　きよ子さんは石牟礼さんの中で、今も生きている感じがなさいますか。

石牟礼　はい。とても大切に思っています。

若松　本日はお話しいただき本当にありがとうございました。

（二〇一五年八月十七日　於熊本市）

『苦海浄土』が生まれるまで

若松　言葉を書こうとお思いになったのは、いつくらいの時ですか。

石牟礼　小学校一年生に入った時です。私の家は石屋でした。父も石が好きで、石の神様といわれていました。父は、石は星から落ちてきたしずくだと言っていました。心臓が弱くて、石屋になれなかった叔父さんがいて、早く死んでしまいました。この叔父は、書物が大変好きでした。その本を読んだのが言葉との出会いです。周りにいたのは、計算が下手な人ばっかりです。セメントを憎んでいましたね。道も石で造らなきゃ駄目だ。石を一つ一つ拾ってきて、造らなきゃ駄目だと言ってました。

若松　石からセメントへの変化に象徴される近代化の中で、水俣病事件が起こります。水俣病の運動をされている時、石牟礼さんは田中正造をはじめとした足尾銅山鉱毒事件に深く学ばれました。今起こっていることと歴史の交わりをめぐってはどうお考えでしょうか。

石牟礼　田中正造の言葉というのは、とても強いですね。今、お尋ねのことの背景には水俣や足尾のことだけじゃなくて、もっと大きな近代化という問題がありますね。私が小さなころ、水俣は人々の誇りでした。チッソがあるからです。チッソ水俣工場の歌というのがありまして、子供たちがそれをこぞって歌った。工場歌は、町民の応募によって、できた歌なんです。水俣町から水俣市になった時にも、日の丸の旗を作って旗行列をして、夜は提灯行列をしてお祝いをしました。子供心にも大変うれしかった。町民挙げて、子供に至るまでお祝いをした記憶は消えないです。

若松　水俣病というのは、自分たちが信じていたもの、誇りに思っていたものに無残な形で裏切られたというところがあるわけですね。

石牟礼　日本の近代は、産業資本が後ろ盾になっていました。ですから、人々の深い潜在意識の中にチッソ工場というのが誇りとしてあります。私が嫁に行きました家でもチッソ工場に四人勤めていました。それで『苦海浄土』を出しました時に、私は呼び出されて、ある叔父から麦畑の中に連れ込まれて、叔父が背広の下から『苦海浄土』を取り出して「これはあんたが書いたとか」と言う。「はい」と答えましたら、「こういうのを書いて一家の迷惑を考えなかったか」と言われまして、そういうことを言われるとは全然考えなかったので、何て言うか、村の中で孤立していました。肩身の狭い思いをして、「とんでもない嫁さんだ」と周りでもささやかれていました。大変つらかったです。当時、水俣の本屋さんでも私の本は置いてなかったんですよ。他県から来た人が本屋さんに行って、「『苦海浄土』ありますか」と言ったら、「ありません」て言われて。「ああないんですか」と言ってがっかりして帰ろうとしたら、「実は裏に隠しとります」と言う。そんな感じでした。

若松　『苦海浄土』は、どんなジャンルにも収まらない作品です。ノンフィクションでも小説でもエッセイでもない。以前、どんなお気持ちでこの本をお書きになったのかとお尋ねしたら、「新しい詩の形を示してみたいと思った」とおっしゃった。石牟礼さんにとって詩とはどういうものですか。

石牟礼　近代詩というのがありますね。古典的な詩もあります。それらとは全く違う、表現が欲しかったんですよ。水俣のことは、近代詩のやり方ではどうしても言えない。詩壇に登場するための表現でもない。闘いだと思ったんです。一人で闘うつもりでした。今も闘っています。

若松　何とすさまじいことでしょう。言葉がありません。以前、石牟礼さんは『苦海浄土』をお書きになっている時に「荘厳《しょうごん》されていくような心持ちだった」ともおっしゃいました。「荘厳」は、仏教の言葉で、深みからの光に照らし出されるという意味でお使いになっているのだと思います。この本には、とても悲惨な、耐え難いことが書かれています。しかし読んでいると光を、深い慰めを感じる。どうしてこうしたことが起きるのでしょうか。

石牟礼　『苦海浄土』を書く前、杉本さんというお宅に行ったんですよね。猫をもらってくださる家だったんですけれども、片っ端から死んでいきました。網元さんの家だったんです。そこの家と仲良くなりました。それで、魚がたくさん入った時は、大きな魚は網から取れるけど、小さな魚は引っ掛かって取れない。無理に取ろうとすれば、網がちぎれる。それを猫が上手に食べるんです。形が悪くて商品にならない魚が出てくる。すいすいすいと投げて、猫たちにやんなさるんです。そうすると猫たち、犬たちが魚をもらおうと思って、なぎさで待っている。早く欲しいので爪立ちして待っているんですよ。そういう景色を見ていると、とっても慰められます。猫たちや犬たちや魚たちと私たちの、何て言うか、行き来があるんですね。気持ちの行き来が。共同体ですよ。

若松　水俣病を考える時に、人間が人間を中心に考えていくと、何かいつまでたっても出口がないように思うのです。今おっしゃられたように、例えば魚、猫、犬、鳥、あと海に生きている小動物も含めて、いのちの共同体に対して、人間が何をしてきたのかを考えなくてはならない。人間以外の生き物が、私たちの次に行く道を教えてくれるということがある。石牟礼さんの作品にはそういう言葉がいっぱい出てきます。人間たちとは異なる姿をしているいのちとの結び付きをどう取り戻していくのか、このことも、私たちに課せられた、とても大きな問題だと思うのです。

石牟礼　杉本家の皆さんも水俣病にかかっています。それで漁師ではない、ほかの仕事をしようとなさった。芸能一家でもあって「家内《やうち》ブラザーズ」という一座をおつくりになった。魚がいよいよ取れなくなったら、ちゃんとお金を取って芸能一座で回るぞとおっしゃっていた。東京にも行かれました。大変人気があったそうです。お父さんもお母さんも全部、家族中でやって楽しんでおられる。そういう一家ですから、チッソも許す。自分たちをいじめた村の人たちも全部許す、とおっしゃっている。

若松　石牟礼さんもお書きになっていますが、内村鑑三という思想家がいます。彼は「反戦」は駄目だと言います。「非戦」でなくてはならないと言う。非戦は平和を続けていくということです。しかし、平和とは絶対に許せない人と握手することです。このことを考えるたびに、私は水俣の人を思い出します。自分と自分の周りの人々の人生を無慈悲なまでに、それも会社の収益のために、壊した人々を許すことなど、普通ならできない。しかし、当事者である杉本栄子さんは、許すと言う。こうしたことは頭だけで考えていると、絶対に信じられません。しかし、現実には起こっている。

こうしたことをどう語り継いでいくべきかを震災以後、ずっと考えています。石牟礼さんは、これからの時代をつくっていく若い人たちに何かお伝えになりたいことはおありになりますか。

石牟礼　たくさんあります。知識というのを思い誤っているような気がしますね。本当は易しいことも難しく考えてしまう。知識はいらないと思います。心が語れなくなってきましたね。字引を引かなきゃ、言葉がないと思っていますね。地方の言葉を取り返さなきゃいけません。各地方の言葉を。それと、手仕事を増やした方がいいですね。

（二〇一六年一月十五日　於熊本市）

若松・注――何か、若い人に伝えたいことはありますかと訊くと、「たくさんあります」と答えられたにもかかわらず、話がここで終わっているのは、石牟礼さんの体調が少しよくなかったからだった。もっとお話ししたいのですが、今日はこれ以上、話せません、と石牟礼さんは言った。

Ⅳ

荘厳する花——石牟礼道子の詩学

人はいつしか、造られた美しさに目を奪われ、隠れた美を見失った。語られた死を恐れ、寄り添う死者を忘れた。

個であることを追究するあまり、民の叡知を放擲《はうてき》した。見えるものを現実とし、見えないものを虚無とした。言葉を道具にし、コトバからの信頼を喪失した。ここに近代が胚胎した。

言語は、コトバの片鱗にすぎない。言葉を口にしないものたちもコトバを語る。コトバは、ときに野草の色として、鳥のさえずりとして、あるいは岩のかたちとして宿った。

色に魅せられた画家はそれを写し、旋律を聴いた音楽家は曲を生んだ。彫刻家とは、巌《いわお》に宿った像を掘り出す者であり、詩人とは、霊感に貫かれ、コトバを宿し、それを律動と共に生み落とした者の呼称だろう。

コトバは形を定めない。コトバは自らを顕《あら》わそうとして人間を用いる。コトバを人間が用いることはできない。

万物は、コトバによって生み出され、生かされている。貧しき合理主義に封殺されたコトバが、大地を轟《とどろ》かすように、ふたたび語りはじめる。喪《うしな》われたと思われていたものが、今によみがえるとき、人はその通路になる。かつて、彼らは巫《ふ》覡《げき》と呼ばれ、祭司の役割を担った。

現代にも巫者《ふしゃ》はいる。だが、祭司の姿をまとっているとは限らない。巫者とは、人間を超える何ものかの口である。彼らにとって語るのは、コトバ自体であって、人間ではない。

コトバはしばしば、人の悲しむこころの底に潜んでいる。現代の巫覡たちは、悲しみを生きる隣人の魂に寄り添うことから始めた。その小さな場所に時代の喧騒を掻き分け、彼方なる場所から光を招き入れて灰燼《かいじん》を照らし、飛来したコトバの痕跡を探すのである。
次の一節は石牟礼道子が講演で語った一節である。このときも彼女は、強いられた「病」である水俣病によって斃《たお》れていった人々、一人一人の姿を想起しつつ語っている。

自分の周りの誰か、誰か自分でないものから、自分の中のいちばん深いさびしい気持を、ひそやかに荘厳《しょうごん》してくれるような声が聞きたいと、人は悲しみの底で想っています。そういうとき、山の声、風の声などを、わたしどもは魂の奥で聴いているのではないでしょうか。なぜならわたしどもは、今人間といいましても、草であったかもしれず魚であったかもしれないのですから。

（「名残りの世」『親鸞　不知火よりのことづて』）

悲しむ者が求めているのは、いたずらな同意でも理解でもない。ただ、傍らに在ることである。そして今、悲しみに生きていることの、常ならぬ意味が潜んでいることが、何ものかによって照らし出されるのをじっと待っている。悲しみの意味ではない。悲しみそれ自体が意味であることを告げてくれるものの訪れを、一抹の不安と強い期待のなかで待望している。

何ものかが、悲しみを「荘厳」する、と石牟礼はいう。ここでの「荘厳」は形容詞であるよりも動詞的はたらきをもっている。人が何かを遠くから見た様相を表す言葉ではなく、大いなる闇を切り開き、人の心に近づこうとする聖《きよ》き衝動を意味する。

また「荘厳」する主体は「悲しみ」であることもある。悲しみが、世界を「荘厳」する。悲しみによって、苦しみと嘆きに満ちた世界に光がもたらされている。

『苦海浄土』の書き手は石牟礼道子だが、その語り手は、語ることを奪われた患者たちである。彼らの悲しみが世界を「荘厳」する。彼女が、水俣病を背負った男性――釜鶴松《かまつるまつ》――を見たのは病室においてだった。

そしてこの部屋には真新しい壁を爪でかきむしって死んだ芦北郡津奈木村の舟場藤吉――三十四年十二月死亡――のその爪あとがなまなましく残っていた。このような水俣病病棟は、死者たちの部屋なのであった。

釜鶴松はまだ生きている。しかし石牟礼はこの言葉を奪われた男を媒介にしてすでに姿が見えなくなった死者たちの存在を感じとる。石牟礼の精神いっぱいに、死者たちの無音の声が、コトバとなって響き渡っている。

ここでの「死者」とは、すでに葬り去られた者ではない。肉体が朽ちたあとも「生きて」いる、生ける死者である。石牟礼にとって死者とは、嘆きと苦しみ、悲しみを訴える他者だっただけではない。彼女はいつも彼らと共に働いていた。彼女は彼、彼女らによって生かされているとも感じていた。

もしも、彼女が感じていたように死者によって生者の日々が支えられているとしたら、私たちの日常もまた、誰かの悲しみによって支えられているのかもしれない。悲しみを生きる者の、沈黙の祈禱《きとう》によって世界は、存在し続けているのかもしれない。私たちが生きる意味を見失いかけているとき、それを照らすのも、彼らの悲しみであるかもしれない。

思想はすべて、人間を通じて現れてくる。なぜなら、人間だけが思想を必要とするからである。だが、祈りがすべて、人を通じて現れるとは限らない。万物が祈るからである。

生者の本当の仕事は、自己の思想を語ることではなく、他者の沈黙に耳を傾けることではないのか。聞くには静寂がいる。「沈黙するためには、ことばが必要である」と詩人石原吉郎（一九一五〜一九七七）はいった。沈黙のうちに、未だ言葉にならない祈りを見出さなくてはならない。他者とは、自己以外の万物である。そこにはすでに逝きし者たちも含まれる。

＊

春、桜の花を見て、私たちはそこに無尽の意味を見出してきた。西行（一一一八〜一一九〇）は花をめぐって次のような一首を残している。

仏には桜の花をたてまつれわが後の世を人とぶらはば

もし、私が亡くなったあとを弔ってくれるなら、桜の花を献じてほしい、というのである。ここでの「仏」は、死者となった彼自身だが、その言葉の背景には、彼が日々その存在を感じていた、累々たる彼岸の住人たちがいる。

「たてまつる」とは、もともと花を切って、仏に供えることを指したのではなかった。むしろ、桜の枝を折るとは、そこに顕われた浄福を汚《けが》すことだと考えられていた。

折りつればたぶさにけがる立てながら三世《みよ》の仏に花たてまつる

折ってしまえば、花を汚すことになる、木々の屹立《きつりつ》するままの姿を念じ、三世の仏に供えようというのである。作者は遍照《へんしょう》（八一六〜八九〇）である。花の前に佇み、逝ける者たちと沈黙の言葉を交わす。それが「たてまつる」の原意である。

だが、西行は違う道を行く。

さきそむる花を一枝まづ折りて昔の人のためと思はむ

まず、一枝折って、亡き先人にたむけようと歌うのだった。
西行は、遍照のおよそ三百年あとに生まれた。西行が、『後撰和歌集』にも収められている、先の遍照の歌を知らないはずはない。彼はその上で、桜の枝を折る。その姿は、亡き者と自分との間にある不可視な壁を突き抜けようとしているようでもある。彼は生涯にわたって、「花」を歌い続けることで死者たちへの供《く》物《もつ》とした。

吉野山こぞのしをりの道かへてまだ見ぬかたの花を尋ねん

つぶやくように、しかし、誰かに語りかけるように西行は歌う。名所吉野に桜を追う。去年来た道には印があるはずだ、今年は未だ見ぬ花を訪ねて、新しい道を歩いてみよう、というのである。

だが西行が、眼を楽しませるだけのために、美しい花を訪ね歩いたのであれば、今日私たちは彼の名を記憶してはいないだろう。

ある人の目には西行は、ひとりで旅をする者に映った。だが彼はいつも、自分の傍らで「花」を愛でる不可視な存在を感じていた。彼にとって死者とは、彼を脅かすものではなく守護者だった。

死者が沈黙の語り手であるように、「花」もまた、言葉を語らない。だが、静謐《せいひつ》のうちに不断にコトバをささやく。コトバに気が付く者にそれは、人間の肉声よりも確かにまた、直接に迫りくる。

次に引くのは染織作家の志村ふくみの詩である。「あなた」と、志村が呼びかけるのは、「刈安《かりやす》」という名の野草である。外目には薄緑の凡庸な姿しか見せない植物からつくった染料からは、現代にはすでに失われたかと思われるような「金色《こんじき》」の色が現れる。

すこし夕陽がかたむきかけた時
それらを一挙に
壮麗な金蒔絵《まきえ》に彩った風景の中で
あなた達はかき消えて、その存在すら
心にとめるものはありませんでした。

けれど今
あなた達は茎や葉や穂の、すべてを
捧げつくして生れ変ったのです。
この青味にまで深く透きとおった
金色の糸を
荘厳と呼ばずに、何と呼びましょう。

やがてあなた達は、暗い藍の壺に沈み
新生のみどりとして
人々の目をうばうでしょう。
けれど、あなた達の存在は
誰にも知られないのです。

（『色を奏でる』）

刈安は、茎も葉も穂も、すべて水に捧げつくして、「金色」として新生する。「金色」は人の注目を集めるが、「あなた達の存在は／誰にも知られないのです」と志村が書くように、人はそれがどこから来たかを気にかけない。黄金が放つ金色《きんいろ》と「金色」は、似て非なるものである。黄金は、ときに人を威圧するが、「金色」は体ばかりか魂をも包み込む。

野草は、水と一つになることで色に変貌する。色となって人を、万物を守護するものになる。そうした出来事を志村もまた、石牟礼と同じく「荘厳」と呼ぶ。二人の交友の歴史は長い。二人は同じ山を別なところから掘り、一つのトンネルをつくり出すような仕事をした。共にコトバの使者であり、美の使途だった。

現代において色は、人間の身を飾るものだが、いにしえの時代は違った。志村は染織の伝統、染織の精神をこう語る。

古代の人々は強い木霊の宿る草木を薬草として用い、その薬草で染めた衣服をまとって、悪霊から身を守った。まず火に誠を尽し、よい土、よい金気、素直な水をもって、命ある美しい色を染めた。すなわち、よい染色は、木、火、土、金、水の五行の内にあり、いずれも天地の根源より色の命をいただいたというわけである。

（『色を奏でる』）

いにしえの人にとって色は、常に随伴する不可視な隣人だった。色は現世を支えるもう一つの世界からの使者だった。またあるときに色は人生の同伴者となり、共に喜び、寿《ことは》ぎ、また、悲しみ、嘆く。

誰も顧みることのない刈安から、天地を揺るがすような「金色」が生まれる。色は、世界を荘厳する。それは、悲しむ者から、魂をふるわせるような悲愛のコトバが響きわたるのに似ている。

刈安から「金色」が生み出される瞬間に立ち会ったことがある。この野草から生まれた「金色」に藍をかけ合わせ、そこに糸を沈める。すると「新生のみどり」が浮かび上がってくる。

だが、目にすることができるのは、ほんのわずかな時間である。しばらくすると緑色は風に奪い去られるように消えてしまう。このとき私たちは、新しき命を嬰児《みどりご》と呼ぶ理由を知る。

単独の植物では、「みどり」を生み出すことはできない、と志村は書いていている。また彼女は「色」を混ぜるとは決していわない。色は混ざらない。色は重ねられる。それぞれの「色」は、それぞれの魂がそうであるように固有の運命を生きている、そう彼女は考えている。

夜の深みを思わせる藍と、大地にあるときは誰も顧みることのない刈安の金色が、みどりを生む。みどりは生命の色である、とゲーテはいった。『色彩論』を書いた彼にとって、みどりは、「存在」を意味する色だった。

眼があるから光があるのですね、とのショーペンハウエルの問いかけに、驚きながらゲーテは、光があるから眼があるのではありませんか、と問い返す。

色は光の子である。色は、この世に光があることを示している。「光」を見た者はいない。私たちが見ているのは「光るもの」である。「光るもの」に「光」を予感すること、それを私たちは信じると呼ぶのだろう。

色は、精神の現身《うつしみ》である。さらにいえば色とは霊性の顕われである。ゲーテの色彩論はドイツの霊性学、あるいはヨーロッパのそれの顕われでもある。志村ふくみは、当代を代表する染織作家だが、後世は彼女の思想に色彩の形而上学を見るだろう。志村はゲーテのあとに、新たな色彩論を書き添えようとしている。「霊性」とは、万人のなかにある、自らを超える何ものかを希求する衝動である。人間が自らの手ではどのようにも埋めることのできない欠落を満たす何ものかを乞い求める本能である。

西洋には西洋の、東洋には東洋の色がある。ドイツにはドイツの日本には、日本の色がある。あたかも各所にその土地固有の言語があるように、色がある。私たちは、東洋の、あるいは日本の色にこころを照らされることによって、自らに息づく霊性を見出すことができるのかもしれない。さらにいえば、現代においては、言語であるコトバよりも、色と化したコトバによって、より鮮明に霊性が照らされるのかもしれない。

色は遍在している。色のないものはこの世に存在しない。色は遍《あまね》く存在することで、光が遍在していることを表現している。人間の肉体は空気を呼吸するように、魂はいつも、光を呼吸している。色との関係を見失った現代の精神は、飢えと渇きにあえいでいる。

「世の中の黄色かごとなっとる頃」と、石牟礼道子は『苦海浄土』で水俣病に苦しむ水俣の町を描き出す。

ここでの「黄色」は世の中を呑みこもうとする空気の色であり、危機を意味している。奇妙に聞こえるかもしれないが、危機とは、いつも危機的状況をそれとして認識できないところに訪れる。石牟礼には「黄色」く見えた町の光景も、ある者たちにはいつもと変わらない風景に映った。

人間によって、人間界の都合に合わせ、遠く、また深くに隠蔽されたものが、ふたたび顕われようとする。そのときはいつも、人間の日常を大きく揺るがす出来事を随伴し、よみがえってくる。

その契機となるのは、耐えがたき悲劇あるいは惨劇であることが少なくない。第二次世界大戦、水俣病、そして先の大震災、その折々に町は悲嘆の色に染まり、その奥で痛切なまでに何ものかが語る「声」に、私たちは戦慄を覚えてきたのではなかったか。

＊

二〇一一年の大震災からひと月たったころ、石牟礼道子は「花を奉る」と題する詩を世に送った。題名からも明らかなように、この作品は、遍照、西行と続く伝統に連なり、生者のみならず、死者にも捧げられている。その冒頭に彼女はこう記している。

春風萠《きざ》すといえども　われら人類の劫塵《ごうじん》
いまや累《かさ》なりて　三界いわん方なく昏《くら》し

春風が「花」をほころばせているのだが、人類が積み重ねてきた時代の闇があまりに深く、かつて遍照、西行には見えた「三世」、「三界」へとつながる道が閉ざされようとしている、と警鐘を鳴らす。さらに彼女は次のように言葉を連ね、「花」に宿った先人の叡知を頼りに「常世《とこよ》」とのつながりを回復しようとする。「常世」とは、無常なる今生の彼方の場所、永遠の国であり、死者の国でもある。

まなこを沈めてわずかに日々を忍ぶに　なにに誘《いざな》わるるにや
虚空はるかに　一連の花　まさに咲《ひら》かんとするを聴く
（石牟礼道子・藤原新也『なみだふるはな』）

石牟礼は、花がひらくのを「聴く」という。けっして耳には届かない花の咲く音から、彼女は人のこころに咲く悲しみの花から、けっして目を離さない。悲しみの花はけっして枯れない。それは祈りの光と涙の露《つゆ》によって育まれるからである。

ひとひらの花弁　彼方に身じろぐを　まぼろしの如くに視《み》れば
常世《とこよ》なる仄明りを　花その懐に抱けり
常世の仄明りとは　あかつきの蓮沼にゆるる蕾《つぼみ》のごとくして
世々の悲願をあらわせり
かの一輪を拝受して　寄る辺なき今日《こんにち》の魂に奉らんとす

（『なみだふるはな』）

遍照も西行も、すっくと立つ桜の姿を歌ったが、石牟礼は、ことさら散る桜に寄り添う。そして、花散る姿の奥にもう一つの世界を「まぼろしの如くに視」る。

万葉の時代において「見る」とは、その対象の魂と交わることだった。「見る」ことは、不可視な世界にふれることだった。

前期万葉の時代は、なお古代的な自然観の支配する時期であり、人びとの意識は自然と融即的な関係のうちにあった。自然に対する態度や行為によって、自然との交渉をよび起こし、霊的に機能させることが可能であると考えられていたのである。〔中略〕自然との交渉の最も直接的な方法は、それを対象として「見る」ことであった。前期万葉の歌に多くみられる「見る」は、まさにそのような意味をもつ行為である。

（白川静『初期万葉論』）

ここで白川の名前が出てくることに驚くには及ばない。白川は、同時代で石牟礼が全幅の信頼と敬愛を寄せた数少ない人物の一人だった。

二〇〇六年、白川が亡くなったとき、石牟礼は半身を喪ったかのように悲嘆にくれた。白川もまた、現代の巫者のひとりだった。

彼の漢字学において、注目すべきは、彼が文様にどんな文字を発見したかより、彼がなぜ、そこに文字を読み得たかである。世間は白川の論文に新しい学説を見た。しかし、石牟礼は白川の仕事に「常世《とこよ》」との交わりの跡を見た。

「花」には、「常世」の光が潜んでいる。それは「仄明り」ほどの、なきがごとき光条だが、「見る」者にはそれがたしかに感じられる。「常世」とは、「死者の国であると同時に、また日本人の深層意識の原点である。〔中略〕日本人がこの列島に黒潮に乗ってやってきたときの記憶の航跡《こうせき》をさえ意味している」(『常世論』)と谷川健一は書いている。

花からは「常世」のありかを示す細き光が放たれている。光源は、悲しみに生きる者の切なる願いにある。

苦しみをわが身に引き受けることを「受苦」と呼んだのは志村ふくみである。

わが生に、受苦の日々を刻んだ先人たちの、また、自己を主張することなく、与えられた生を生き抜くことのほか生きる術《すべ》をもたなかった人々の悲しみが「花」に宿る。その「花」から放たれる悲しみの光を、現世で行き場を見失った者たち、「寄る辺なき今日の魂」たちが、明日を生きるための灯《ともしび》としたい、と石牟礼は歌う。

花や何　ひとそれぞれの　涙のしずくに洗われて　咲きいずるなり
花やまた何　亡き人を偲ぶよすがを探さんとするに
声に出《いだ》せぬ胸底の想いあり
そをとりて花となし　み灯りにせんとや願う
灯らんとして消ゆる言の葉といえども
いずれ冥途の風の中にて　おのおのひとりゆくときの
花あかりなるを

この世のえにしといい　無縁ともいう

「花や何　ひとそれぞれの　涙のしずくに洗われて　咲きいずるなり」。「花」とは、涙の化身ではないかと石牟礼はいうのである。

ここでの「涙」とは、涙腺から流れ出る液体ではない。悲しみが極まったとき、かえって涙は涸れる。

「荘厳」するのは、悲しみの果てにもたらされる不可視な涙である。涙するのは生者ばかりではない。死者もまた涙する。散る花は、落涙する死者のおもかげを思わせるというのだろう。

死者の涙が「花」となるように、生者の思いも「花」となる。死者を思う「声に出せぬ胸底の想い」は、消えることなき「み灯り」となって、その者の生涯を照らし出す。

人は生まれた以上、死の道に進まねばならない。生きるとは死の道を一歩一歩進むことだといった方がよい。「冥途の風の中にて　おのおのひとりゆく」定めである。だが、そのときに私たちは独りではない。生者として独りその道に立つのだが、「花あかり」となった死者たちがそこに寄り添うのである。

＊

「死」が、存在の終焉ではないことは、死者たちの存在がそれを物語っている。生者は死者たちの日常を知らない。

しかし、その存在を知っている。死者を傍らに感じることによって、死が何ごとかの始まりであることを、生者は知っている。次に引くのは「死」と題する石原吉郎の詩である。

死はそれほどにも出発である

死はすべての主題の始まりであり
生は私には逆向《さか》きにしか始まらない
死を〈背後〉にするとき
生ははじめて私にはじまる
死を背後にすることによって
私は永遠に生きる
私が生をさかのぼることによって
死ははじめて
生き生きと死になるのだ

「詩とは、〈沈黙するための言葉〉の秩序である」とも石原は書く。彼にとって詩とは沈黙を生むためのコトバの連鎖だった。

一九三九年、石原は従軍し、終戦から八年後の一九五三年まで、シベリア地方などで抑留生活を送った。極寒地での強制労働を強いられた抑留者たちにとって、隣人が斃れていくのは避けがたい日常だった。

隣人の死は、彼にとって終点ではなく、「出発」に映った。死は終焉ではなく「始まり」だと感じられた。それは、生者の喪失という耐え難い出来事であると共に、死者の「誕生」であることも同時に強く経験されたのだった。石原にとって詩作とは、眼前で斃れ、死者となった人々に「沈黙するための言葉」を送ることであり、また、彼らからのコトバを招き入れることだった。

「生をさかのぼる」とも彼はいう。それは過去にさかのぼることを意味しない。彼にとって生はいつも「逆向き」に存在する。人は、死ぬことによって「誕生」した。

死者たちは、詩人が過去に立ち戻ろうとすることを強く戒め、また、今に生きることを強く促す。詩人に過去には誰もいないことを伝える。むしろ、死者とは生者と共にある、今の存在であることを彼に訴える。

死者たちは、もう「時間」の世界には生きていない。彼らは「時」の世界に生きている。死者たちが生者と共にある様相を石原は「私は永遠に生きる」と呼ぶ。

「私は永遠に」、死者たちと「生きる」と彼は告白する。また、彼は死者たちによって「生きられている」ともいう。また、死は、何とも「生き生き」としているとも歌う。

石原が経験した抑留生活と死者を歌う姿を見て、ここに悲惨と悲嘆だけを感じるのはおそらく、彼の悲願を裏切ることになる。「生ははじめて私にはじまる」とあるように、ここで歌われているのは、汲めども尽きない希望の源泉である。どうしてその水を飲むことに躊躇する必要があるだろう。ただ、そこにたどり着くまでに彼が舐めなくてはならなかった辛酸の深みを忘れずにいればよい。

「私に、本当の意味でのシベリア体験が始まるのは、帰国後のことです」(『一期一会の海』)と石原は書いている。この言葉を前に私たちが考えるべきなのは、戦後とは何かではなく、そもそも彼に「戦後」が訪れたか否かではないのか。彼が戦っていた何ものかを、現代を生きる私たちはすでに超克したといえるのだろうか。

シベリアでの日々を言葉にしてゆくなかで石原は、ナチス・ドイツのユダヤ人強制収容所での経験が語られたヴィクトール・フランクルの著作『夜と霧』に出合う。第二次世界大戦中、ユダヤ人であるフランクルはナチス・ドイツによって、強制収容され、三つの収容所を経験した。戦後彼は、そのときの記録を『ある心理学者の強制収容所体験』（邦題：『夜と霧』）と題して刊行した。

この本は、石原を大きく揺るがし、また、支えた。彼はフランクルの言葉に大きな動揺を覚える。だが、しばらくすると、それが未知なる導きの到来であることを知る。「無感動の現場から」と題するエッセイで石原吉郎は、『夜と霧』にある美しい落日を見た強制収容所の人々が、「世界ってどうしてこうきれいなんだ」とつぶやく場面に強く心打たれた、と語っている。

「どうして」とは単純な疑問符ではなく、底知れぬ嘆声である、と石原は静謐のなかでつぶやくように書き添えている。さらに彼は「この『どうして』に答えられるものはいない。というよりは、どのような答えも納得させることのできない問いである」とも記す。

彼は、答えを提示しない。しかし、自分が収容所で経験した「声もなく立ちふさがる樹木」に見た彼方なる「美」の経験を静かに語る。「自己への関心がついに欠落する時」、突然、自然は人間に光輝なる姿を見せ始める。

感動をともなわぬ美しさとは奇妙なものだ。それは日常しばしば出会う、感動する程ではないという美しさとはあきらかにちがう。感動する主体がはっきり欠落したままで、このうえもなくそれは美しい。そしてそのような美しさの特徴は、対象の細部にいたるまではっきりと絶望的に美しい、ということである。いわばその美しさには、焦点というものがない。

（「無感動の現場から」『海を流れる河』）

ここでの「焦点」は、中核点でもあるが、対立の起点でもある。「焦点」は、世界を美醜に二分する。石原は、あのとき彼が見た「美しさには、焦点というものがない」という。

このとき石原が経験した美は、どこが美しいといったものとはまったく異なる経験である。

収容所にあって石原は、「美しいものの側から見捨てられた」日々を送っていた。だが、それは彼から「美」が失われたことを意味しない。「美」は「美しいもの」としては浮上しないだけで、つねに万物に伏在している。

美がもっとも強く感覚されるのは、美の招来に参じたときばかりではない。美しからざるものにふれたときでもある。美ならざるものを認識することとは「美」に包まれていることの実感に等しい。

＊

人は美ならざるものを前に一瞬、「美」は遠く失われたかと思う。しかし実情はちがって、そのときも私たちは「美」の中心にいる。美ならざるものを在らしめているのは、美醜の彼方なる「美」である。

同じことは、「真」「善」にも、あるいは「聖」にもいえるだろう。真ならざるものは、どこかに真なるものがあることを、強く私たちに予感させる。善ならざるものは、人間の根源には破壊されざる「善」があることを、あるいは、破壊されざるものを「善」と呼んでいた歴史を思い起こさせる。同様に、聖ならざるものは、「聖」を拒むものであるより、「聖」への飢え、あるいは「聖」への渇望を示している。美のうちに聖なるもの、真なるものを共に希求するのは古《いにしえ》の時代から変わらなかった。志村ふくみはそうした人間の不変の衝動を次のように描き出す。

飛鳥、奈良、平安、鎌倉の仏像、仏画、書跡、絵巻、経巻等々、日本美術の源泉とその頂点を思わせる稀有な展観であった。百済観音、中宮寺弥勒菩薩、鑑真和上の前に立ちつくし、その慈雨のような霊気に打たれている人々の姿をみた。かくも黙示録的世界に曝《さら》された現世からやってきて、もし人目がなかったら思わずその前にひざまずきたい人もいただろう。

（志村ふくみ『ちよう、はたり』）

ここで「慈雨のような霊気に打たれ」、「ひざまずきたい」と思ったのは、志村自身でもあったことは、多くの説明を要さないだろう。彼女は感動に包まれているのではない。何ものかの顕現に慄《おのの》いている。聖なるものにふれたとき、私たちが最初に感じるのは、何らかの慄きである。感動はあとからやってくる。先の一節に志村は、次のように続けている。

両界曼荼羅（子島寺）の紺綾地に金銀泥で描かれる諸天を彩る装飾の、想像を絶する荘厳《しょうごん》、先に京都博物館で観た東寺の両界曼荼羅の緑、赤の絢爛たる荘厳と双璧と思われたが、曼荼羅のみにかぎらず、仏像における天蓋《てんがい》、瓔《よう》珞《らく》、比礼《ひれ》（うすい衣）、平家納経等における料紙の切箔《きりはく》、雲母《うんも》、野毛、見返し絵、水晶の経軸にいたる細部まで、かくも荘厳せずにはいられない美意識、平安貴族の栄華を極めた時代だったと片づけてしまうわけにはいかない。

これほどまで美を追い求めずにはいられない、いいかえれば、仏像を、経文をここまで飾りに飾らずにはいられない、それが決して虚飾ではなく、荘厳にまで高められていることに思い至る。

「美」でありながら「美醜」を超える何ものかを志村は、「荘厳」の一語に籠《こ》めようとする。この一文で幾度となく繰り返される「荘厳」の文字の背後には、志村の湧き出る思いと共に、決してそれを言葉にはし得ないという沈黙とが混じり合っている。

「荘厳」という表現は、先に見た石牟礼の文章にもあった。石牟礼が用いた言葉のなかで「荘厳」ほど誤認されたものはないかもしれない。それはきらびやかな何かを表す言葉ではない。むしろ、戦慄と畏敬をもってせまり、人間をひれ伏させずにはおかない、不可視なものからやってくる抗しがたいはたらきである。

曼荼羅を前に、ほとんど身動きができなくなるほど、魂をゆすぶられている志村が書いた文章を、「平安貴族の栄華を極めた時代」の美術品を眺めるように読んではならない。仏教はいつも不条理を生きることを強いられる人々のそばにあり、その悲願が、これほどまでの「美」に昇華されていることに、志村は戦慄と呼ぶべき烈《はげ》しい感動を覚えているのである。

この志村の一節と、先に引いた石原の発言を重ねてみる。そこには状況的に著しいまでの差異があるにもかかわらず、収容所の風景を見た石原の眼は、平安時代の仏教芸術に「荘厳」を見る志村と共振する。

先に見た一節を含む作品で石原は、「自然は圧倒的な『威容』として、私の目の前にあった。それはついに、おびやかす美しさであったのか。その不気味さにあらためておびえたのも、その二十年後である」(「無感動の現場から」)と述べている。

「おびやかす美しさ」とは「荘厳」にほかならない。石原はフランクルの『夜と霧』にふれ、「とりわけ心を打たれたのは、告発の次元からはっきり切れている著者の姿勢であった」と語り、フランクルが「告発者」として語らないことに強く心を動かされる。「告発をゆるされるのは、その現場にはだしで立った者だけである」と石原は言い、自分はその立場にないことを明言する。

彼が、時代を、戦争を、軍を、あるいは国家を告発したとしても、誰もそれを咎《とが》めることはなかったばかりか、傾聴しただろう。だが、彼はまったく別の道を進む。彼は「沈黙するための言葉」をさがして詩を作り始めた。真に告発する資格のある者たちは、すでにこの世にはいない、死者たちであると石原はいう。『夜と霧』にふれながら石原は「だれが告発するのか。死者。アウシュビッツの死者である」と書く。

生者は、死者を弔うという。しかし、内実は逆で、死者によって生者が弔われているのではないか、と石原は訴える。

次に引くのは「礼節」と題する石原の詩である。ここにおいて「弔う」とは「葬る」ことではない。それは「愛護」することに等しい。死者は生者に生きることを託す。それだけでなく死者の方法で生者を「弔う」。その営みを生者の世界では寄り添う、と呼ぶのである。

いまは死者がとむらうときだ
わるびれず死者におれたちが

とむらわれるときだ
とむらったつもりの
他界の水ぎわで
拝みうちにとむらわれる
それがおれたちの時代だ
だがなげくな
その逆縁の完璧において
目をあけたまま
つっ立ったまま
生きのびたおれたちの
それが礼節ではないか

「告発」はいつも、人間を過去に縛る。また、生者は容易にそこから離れることができない。だが、生者を守護する死者は、そこから一歩足を踏み出すことを促す。死を論じることは、ときに観念の遊びになる。死を経験した人間はいないからである。

だが死者を論じるときは違う。もし、その人が死者を感じたことがあるならば、死者を論じることは過去ではなく、今を語ることになるだろう。死者との関係はいつも進行形である。死者とは、回顧の対象ではなく、今、思うべき相手ではないだろうか。

ある日、石原はノートにこう記した。「私は告発しない。ただ自分の〈位置〉に立つ」。告発するのではない。ただ、我が生を生きるのだというのである。

『苦海浄土』をはじめ、石牟礼道子の文学が現れたとき、世はそこに、告発の言葉を読み取った。だが、彼女が感じていたのは、石原に訪れた啓示と同質の実感である。糾弾の書に終わることのない響きを携えていなければ『苦海浄土』は、およそ半世紀にわたって読み継がれることはなかっただろう。この作品を貫いているのも、生者による告発の不可能性である。

水俣病事件をめぐるさまざまな運動は、それを傍から見る者には、補償をもとめる訴えに映った。ゆえなく虐げられた者たちとその親族が、どんなかたちであれ、奪われた自由がいかなるものであるかを、あらんかぎりの声で叫ぶのは当然である。それを非難することはできない。彼らのほかに、その責苦がいかなるものであるかを知るものはいないのである。水俣病闘争にかかわった人々は何かを訴えるとき、「死民」と記された旗を手に街を歩いた。彼、彼女らが世に伝えようとしたのも亡き者たちの声である。

また、石原が、自らのシベリア体験を思い、真に告発すべきは死者たちであると言うとき、その発言の背後には、死者たちしか経験しえなかった残酷な事実が浮かび上がることへの深い信頼がある。死者の語りが、どこかで顕われることへの真摯な祈りがある。

「私は告発しない。ただ自分の〈位置〉に立つ」と石原がいうとき、それは彼が単に口をつぐむということを意味しない。むしろ、彼は自らを通じて死者が、この世界にむかってふたたびコトバを発することを願ったのである。

ここでの「告発」とは、法律上の、あるいは時代的な価値観による善悪の裁きを意味しない。それは白日のもとにさらすことを意味する。告発が不可能であることの発見は、水俣でも起こった。そしてそれは今も起きている。

水俣病の原告団の最前線で、天を、地を、時代を、そして敵を討つ強硬な活動を繰り広げていた男に、ある日、常ならぬ出来事が起こる。漁師であり、家族を水俣病で喪い、自らも患者である緒方正人（一九五三〜）はある日、「チッソというのは、もう一人の自分ではなかったか」（『チッソは私であった』）との言葉を残して、独り原告団から離脱する。

今日でも、緒方の発言の真意は、理解され難いことがある。ましてや彼がはじめて口にした当時、それを聞いた周囲の驚きは想像に余る。

「チッソ」とは、水俣病の原因物質を永年にわたって不知火海に流し続けた会社の名称である。

チッソは、水俣の海、彼の人生、そして彼の家族や隣人の生活を破砕した。かつてチッソ株式会社は、水俣病が発見され、その原因が自社工場から排出される有機水銀であることを知りながらも、それの排出を止めないばかりか、困窮にあえぐ被害者に金を握らせ、その見返りに未来にいっそうの被害が起こったとしても訴えることはないとの書面を書かせようとした。だが、緒方は自分もまた「もう一人のチッソ」だという。チッソを生み、育んだ現代の悪は、自身のなかにも生きているというのである。

悪魔が望んでいるのは、この世に悪など存在しないと人間に思わせることだ、といったのは二十世紀のフランスの作家ジョルジュ・ベルナノス（一八八八～一九四八）である。緒方の姿を見ているとベルナノスの言葉が強く思い返される。

カトリック信徒だったベルナノスは、スペイン内戦でファシスト政権に加担したカトリック教会を告発する作品『月下の大墓地』を書き、教会勢力から追われ、家族の身を守るためにも、ほとんど亡命に近いかたちでブラジルへ移住しなくてはならなかった。ブラジルに渡ったあと、現地のある友人に宛てた手紙で彼は、「この世でわたしの唯一のつつましい使命は、みんなが黙るときに話すことなのだ」（石川宏訳）と書いている。

同じ言葉が、いつか緒方から発せられていたとしても驚かない。緒方の著述を読んでいると、しばしば単独者であることの意味、さらにいえば、独りであらねばならない必然が静かに語られている。

悪に対峙しようとするとき、人間がまず、独り、わが精神を見据えなくてはならないという確信において二人は一致している。悪がはびこることを止めないのは、人間がそれをまっすぐに見据えることをしないからだという強い自覚においても、二人は強く結びつく。

ほとんど啓示といってよい先の出来事は、一九八五年、緒方が三十二歳のときに起こった。そのときのことをのちに緒方は次のように書いている。

私自身、その問いに打ちのめされて八五年に狂ったのである。それは、「責任主体としての人間が、チッソにも政治、行政、社会のどこにもいない」ということであった。そこにあったのは、システムとしてのチッソ、政治行政、社会にすぎなかった。

それは更に転じて、「私という存在の理由、絶対的根拠のなさ」を暴露したのである。立場を入れ替えてみれば、私もまた欲望の価値構造の中で同じことをしたのではないか、というかつてない逆転の戦慄に、私は奈落の底に突き落とされるような衝撃を覚え狂った。

（『チッソは私であった』）

人間は、怨み抜くとすれば、相手を人間、あるいはその集団に定めなくてはならない。そうでなくてはその思いを持続することはできないからだ。しかし、水保病訴訟を始めてみたが、訴えたはずの「人間」はいなかった。存在したのは、人が人でなくなることによって造った「社会」という仕組みだけだった、というのである。

ここで緒方がいう「社会」とは、尽きることのない人間の欲望の異名である。それは、どこまでも肥大化する。それればかりか、ついに人間それ自体をも呑み込んでしまう。緒方が空間軸において「社会」と呼ぶものは、時間軸では「近代」と称される。近代社会とは、人間から魂を吸いとり、その存在を生命を保ち続けてきた化物だというのである。

「狂った」とは比喩ではない。ある時期彼は近代文明の産物にふれるたび、そこに自己を水俣病に追いやったもう一人の自分を見た。あるときは自宅のテレビや車を見るだけで猛烈な嫌悪感に追い立てられ、それらを打ち壊したりもした。その一方で彼は、次第に自然との関係を取り戻していく。山に入って木と語る、「海に行って両手をついてひれ伏す」といった日々を送る。

その経験は、畢竟《ひっきょう》「自分とは何者か。どこから来てどこへゆくのか」を自らに問うことであり、それまでの加害者たちの責任を問うことから、「自らの『人間の責任』が問われる」ことへの、驚天動地の転回だった。このとき彼は、「私もまたもう一人のチッソであった」ことを自ら認めた。「それは同時に、水俣病の怨念から解き放たれた瞬間でもあった」とも緒方は書いている。

＊

石牟礼道子に「不知火」と題する能がある。「不知火」とは水俣の海、不知火海に由来する。緒方によると「その名の由来である不知火は、一年に一夜だけ、旧暦の八月一日八朔の夜、海上に幻想的で不思議な炎の姿を見せる」という。

水銀に宿った現代の業欲は、無数の人間の人生と生命と平常な日常を強奪した。病者となった者、そしてその家族の肉体を砕き、魂を脅かした。そればかりか母胎に宿った命、宿るのを待ち焦がれた命までも奪った。

水俣病は、びんぼ漁師がなる。つまりはその日の米も食いきらん、栄養失調の者どもがなると、世間でいうて、わしゃほんに肩身の狭うござす。

（『苦海浄土』）

水俣病になるのは貧しい漁民ばかりだと人々は吹聴する。それゆえ肩身が狭いと漁師の患者がつぶやくのだった。真に「貧しい」のは誰か。この問いは今も問われなくてはならない。漁師らにとって「海」は、単なる収穫の場ではない。彼らは海に生きたとはいわない。海に生かされている、という。海が汚されたことは「母なるもの」への屈辱であり、侮蔑として刻まれた。

能を作ることで石牟礼は、傷ついた海と海に生まれた生き物たち、そして、生まれるはずだったであろう魂に語りかけようとする。能とは、不可視なるものが来訪し、生者と交わる詩劇である。さらに石牟礼は、この能を演じる場に、異界からも観る者を招こうとしているかのように映る。

喩えではない。確かにその場には不可視なるものがいたのである。「新しく生れた能を待ちうけるように演出する人、舞ぅ人、音を奏する人、謡ぅ人たちが結集した。目にみえぬ世界からひたひたと集ってくる精霊達、死者達と、我々観客もいつしか一体になっていた」（『ちょぅ、はたり』）と能が上演されるのを観た志村ふくみは書いている。死者が、生者の肉体を借りて舞台で演じる。それを観るのは生者ばかりではない。死者たちもまた、凝視する。先と同じ一文で志村は、石牟礼の悲願をこう語っている。

石牟礼さんは、「生身の肉声を書こぅとは思ぅのですが、そのままではつろぅございますので、言霊にして自分と一緒に焚いて、荘厳したいと思っているのです」と語り、不知火は「己が生身を焚いて魔界の奥を照らし」て荘厳されてゆく。それは決して暗い怨念や呪咀の世界ではなく、二人〔能「不知火」の登場人物〕の死の祝婚は、何か復活を予感させ、照し出された光の奥に救済を感じずにはいられない。それはこの時代を共に生きるものの願いであり、祈りである。

（『ちょう、はたり』）

見える世界を支えているのは、見えざるものたちであることを、能の伝統は、今に照らし出そうとしている。時代が困難にあるとき、私たちの生が試練にあるとき、そこに一条の光を照らすのも、また、不可視なるものである。

言葉は、読まれることによってその存在を定着させる。それを読むのは、生者ばかりではない。誤解を恐れずにいえば、死者をあるいは精霊を最初の読者にしないとき、言葉はコトバにはならない。コトバが言葉になるとき、あるいはコトバを色、音あるいは舞いに移し替えようとするとき、どうしても不可視な隣人の助力を欠くことはできない。
「私は次第に『色がそこに在る』というのではなく、どこか宇宙の彼方から射してくるという実感をもつようになった」（『語りかける花』）と志村は書いている。さらに次のように言葉を継いでいる。

色は見えざるものの彼方から射してくる。
色は見えざるものの領域にある時、光だった。光は見えるものの領域に入った時、色になった。
もしこう言うことが許されるなら、
我々は見えざるものの領域にある時、霊魂であった。
霊魂は見えるものの領域に入った時、我々になった、
と。

見えざるものが、私たちの実在であるなら、死とは、存在の消滅ではなく、「見えるものの領域」から「見えざるものの領域」への回帰となる。色の存在もまた、見えるものとは、見えざるものの顕われであり、そのコトバであることを志村の言葉は伝えている。さらに色は、その身を私たちの眼に映すことで、私たちの内にも見えざるものがあることを告げ知らせている。

ここで志村が「色」と書いたものを、石牟礼は「花」、あるいは「悲しみ」と呼ぶ。石原ならそれを「死者」と言っただろう。

死者が「花」であることは、すでに見た。死者は「悲しみ」であるか、そうである。死者は悲しみとなって、生者にその到来を告げ知らせる。

生者は、悲しむときほど死者を強く思うことはない。死者を思い、悲しむのは、逝きし者が遠く離れているからではなく、むしろ、寄り添うからではないだろうか。悲しみは、死者が生者のもとを訪れる合図である。

「花を奉る」で石牟礼は、目に見えないかたちにあるものを、「かりそめの姿」

と呼ぶ。この詩は、次の一節で終わっている。

その境界にありて　ただ夢のごとくなるも　花
かえりみれば　まなうらにあるものたちの御形《おんかたち》
かりそめの姿なれども　おろそかならず
ゆえにわれら　この空しきを礼拝す
然《しか》して空しとは云わず
現世はいよいよ　地獄とやいわん
虚無とやいわん
ただ滅亡の世せまるを待つのみか
ここにおいて　われらなお
地上にひらく一輪の花の力を念じて　合掌す

五感を信じることができなくなってしまった現代人には「花」は「かりそめの姿」に映るかもしれない。しかし、それがゆえに「おろそか」にしてよいものではけっしてない。むしろ、ふれ得ないがゆえに滅びず、また、見ることができないがゆえに古びない。だから、その空《くう》なるものを「礼拝」せずにはいられない、と石牟礼はいう。

現世にあるのは、不条理が生んだ悲しみと嘆きばかりであり、生者に許されているのが、滅びゆくのを待つことのみであるかのように思われたとしてもなお、「地上にひらく一輪の花の力を念じて　合掌」する、と石牟礼は歌うのである。

V

魂という遺産

二月十日の未明、石牟礼道子さんが亡くなった。晩年の数年間は、数ヶ月に一度くらいの割合で、彼女の体調のよいときに合わせて会いに行っていた。だが、彼女のいわゆる講演は一度しか聞いたことがない。

大勢の人の前で話した、ほとんど最後の機会だったと思われるが、福岡で行われた水俣フォーラム主催の講演会だった。水俣フォーラムは、非営利の団体で、「水俣病展」を主催し、水俣病と水俣病事件を後世に伝えるという活動を行っている。

彼女はパーキンソン病を患っていて、長時間の講演は難しいはずなのに予定時間を過ぎても話すのを止めようとしない。主催者が体調を気遣って、何度も止めさせようとするのだが一向に終わらなかった。その様子はあたかも、言葉は自分の意識からではなく、どこか別なところからやってくる。それを止めることはできない、といった風だった。

このとき彼女は自身の患者やその家族との交わりを例に訥々《とつとつ》と話し始めた。語られたのは、水俣病によって言葉を奪われた者たちの悲しみであり、痛み、苦しみ、あるいは、呻《うめ》きである。

水俣病事件は、未曾有の悲劇だったが、その一方で従来にはない、さまざまな叡知を集結させることとなった。それは今、「水俣学」と呼ばれる、新しい学問となりつつある。そこにでは、政治学、法学はもちろん、歴史学、社会学、人類学、医学、哲学、そして文学をふくむ芸術までもが一つになって、今も続く、この人災の正体を見極めようとしている。

しかし、その一方で、どんなに多くの研究を積み重ねても現れ出ない「声」がある。その無音の声に全身を傾けること、それが彼女の生き方だった。『苦海浄

土　わが水俣病』の終わり近くに、次のような一節がある。

水俣病事件もイタイイタイ病も、谷中村滅亡後の七十年を深い潜在期間として現われるのである。新潟水俣病も含めて、これら産業公害が辺境の村落を頂点として発生したことは、わが資本主義近代産業が、体質的に下層階級侮蔑と共同体破壊を深化させてきたことをさし示す。その集約的表現である水俣病の症状をわれわれは直視しなければならない。人びとのいのちが成仏《じょうぶつ》すべくもない値段をつけられていることを考えねばならない。

「谷中村」は、足尾銅山鉱毒事件の被害をこうむった場所である。彼女は、水俣病事件は、この明治時代に起こった公害に直結し、イタイイタイ病、新潟水俣病へとつながっている、と考えている。

『苦海浄土』は、水俣病をめぐる出来事を描き出した作品だ。しかし、彼女の眼は歴史に、同時代にあって別な場所で苦しむ人々に、そして未来へと注がれていた。先の一節には次の文章が続く。「死者たちの魂の遺産を唯一の遺産として、ビタ一文ない水俣病対策市民会議は発足した」

亡き者たちと常に共にあること、亡き者たちに誠実を尽くすこと、それが彼女の原点であり、ただ一つの悲願だったのである。

最後の文人

作家、詩人、小説家、どんな名称を付しても、石牟礼道子の全貌を表現することはできない。詩歌、随筆にも絵画にも秀でていた。今ではもうほとんど用いられないが、彼女の存在を一語で言い表そうとするなら、やはり「文人」というほかないように思う。新作能も書いた。二〇一八年の秋には上演される。

石牟礼道子は何を書いたかが、重要な問題なのはいうまでもないが、彼女の言葉がどこから来たのかを考えることは、それに勝るとも劣らない、後世に残された大きな問いだ。そのことを彼女は「水鏡」と題する詩にこう記している。

まだ生まれない前の　ことばによれば

その眸は　前の世の窪んだところで
肩寄せあっていた　あの
せつない片割れかもしれなかった

（『はにかみの国』）

詩を人々の胸深くに届けようとするならば、「まだ生まれない前の　ことば」によって語らねばならない。この世だけでなく、「前の世」の理法にも従っていなくてはならないというのである。

過去世、現世、未来世を指す「三世《さんぜ》」という言葉がある。この言葉を彼女は、よく知られた詩「花を奉る」をはじめとして、一度ならず用いている。

いつも三世に向かって言葉をつむいだ。過去世、すなわち亡き者たちのちからを借りて、今の世とこれからの世界に言葉を届けること、それを彼女は己れの役割だと感じていた。彼女にとって書くとは、この世において「まことの地獄」

と「心願の国」の双方を見極めることであり、魂がその故郷である「生類のみやこ」に帰ろうとする営為にほかならなかった。

まことの地獄をのぞきみたれば片方のまなこは心願の国のみ
仏に捧げまいらせ候
いまひとつのまなこあればあこがるるなり
そのひとつもていまだかなわぬ生類のみやこへのぼりたく候

（「死民たちの春」『はにかみの国』）

詩を書こう、あるいは小説を書こうとして人はペンを執る。だが、石牟礼道子は違った。言葉が宿り、言葉が望むままにペンを走らせるのであって、作品の姿を示す呼称はいつもあとから来た。彼女は『苦海浄土』を詩だと信じていた。少なくとも自分は、詩でなくては表現できない問題に直面していると感じていた。

世には容易に現れ出ようとしない悲痛と嘆き、あるいは呻《うめ》きにさえも、言葉という「からだ」を与えずにはいられない衝動、それが彼女を貫いている。

詩人とは人の世に涙あるかぎり、これを変じて白玉の言葉となし、言葉の力をもって神や魔をもよびうる資質のものをいう。

（「こころ燐にそまる日に」）

これが石牟礼道子における詩人の定義だった。彼女は、自分を詩人と称することはほとんどなかったが、自分の肉体を貫いて世に飛翔しようとする言葉が詩であることの自覚は、つねにあった。彼女の悲願は、優れた詩を作りだすことではなく、優劣を超えた、真に詩となるべき無音の声の器となることだった。

先に引いた「こころ燐にそまる日に」で彼女は、自らに言葉を託した者たちが生きている世界をめぐってこう語っている。

この世の惨苦の奥にあるものは何であろうか。文筆の徒にしてこの世の実存のもっとも濃密な部分に相まみえうることは冥利につきることである。実存世界とはつねに一切世界の病いを身に負う体現者としての下層民の世界である。

書き手は、想念をもてあそぶのではなく、実在にふれなくてはならない。そして、実在を人々が分かち合えるように、存在の深みから言葉によって引き上げてこなくてはならない。自分にとって実在界への導師となったのは、「一切世界の病いを身に負う体現者」たちだったというのである。

ここでの「病い」に、水俣病が含まれるのはいうまでもない。だが、それに終わらない。自己と他者、自己と自然、さらには自己と超越を峻別《しゅんべつ》し、あたかも自分の力だけで生きているような錯覚のなかにいる現代人は、彼女のいう「一切世界の病い」と無関係ではあり得ない。
「病い」はときに、人間から語ることを奪う。言葉が失われてもその人の心にあって燃えるものが無くなったのではない。その不可視な火花を受け継ぐこと、そこに石牟礼道子は生涯を捧げた。

ひとりの人間の死が、残された生者たちの魂により添い、蛍火の明滅のように、とり残されたその道行を導くことがあるように、ひとりの著者の死と業跡を、読者がひとつの直感をもって受け継ぐことはままあることである。

（「こころ燐にそまる日に」）

ある敬愛する著者をおもって彼女はこう記している。今は、同じ言葉を私たちが彼女に捧げるときではないだろうか。

本当の幸せ

誰もが本当のことを知りたいと願っている。それが本当の幸せと深くつながっていることをどこかで感じているからだろう。しかし、本当のことが、どのような姿をしているのかを知らない。本当のことを知りたい、そう真剣に思ったときから、その人の生涯は大きな冒険になる。

あることが自分には、この上なく大切だと感じられる。だが、ほかの人も同じように感じるとは限らない。そうではない場合が多いことを、私たちは経験的に知っている。むしろ、大切なことであればあるほど、他者とは容易に分かち合いがたい。

ひと月ほど前に石牟礼道子さんが亡くなった。東日本大震災のあと、言葉を失った人が多かったなか、彼女は「花を奉る」という詩を世に送った。ある人が身を賭して物資を運ぶように、書き手は言葉を運ばなくてはならない、そう彼女は信じた。

彼女は優れた文章家だったが、じつに魅力的な語り手でもあった。語られた言葉には書かれたものとは別種の慈しみがあった。そのうちの一つに「名残りの世」と題する講演録がある。そこで彼女は、水俣病事件で国と闘った人々の悲願というべきものをめぐって、こう語っている。

自分たちは、あるいは死んだ者たちは、生きてあたりまえの人生を送りたかったのだ、ということをおっしゃりたいのですが、なかなか相手にも世間にも、それが伝わりません。金をゆすりに来たぐらいにしか受けとりません。

あたりまえに生きるとはどういうことか。この世と心を通い合わせて生きてゆきたいということなのです。

取り戻したいと願ったのは、「あたりまえの人生」、あたりまえの生活だった。それは、人と自然と、さらに先の一節にあるように亡き者たちと「心を通い合わせて生き」る日常にほかならなかった。

大切な人を喪う。その人のもとに遺品として一冊の文庫本が残されたとする。第三者にとってそれは、古書店によくある本とあまり変わらない。しかし、遺族にとってそれは、世界にただ一つの、どんな大金でも買うことのできない本当に大切な何かだ。

故郷の風景、亡き人の面影も、そうしたものの一つだろう。おそらく、幸福もそれに似た姿をしている。

ほかの人から見れば、どんなに月並みなものであっても、自分にとってかけがえのないものを一人で探さなくてはならない。精神科医であり、比類なき独創的な思想家でもあった神谷美恵子が、主著『生きがいについて』で、「生きがい」をめぐって次のような言葉を残している。

生きがいというものは、まったく個性的なものである。借りものやひとまねでは生きがいたりえない。それぞれのひとの内奥にあるほんとうの自分にぴったりしたもの、その自分そのままの表現であるものでなくてはならない。

素朴だが、何と厳粛な言葉だろう。先に人生が「冒険」だと書いたのも比喩ではない。多くの人の手を借りながらであっても私たちは、大切なものを自分で見出していかなくてはならない。

今日で、東日本大震災から丸七年になる。この出来事は、私たちからさまざまなものを奪った。ある人にとっては今も、奪われつつある状態が続いている。

世の中は「復興」という言葉のもとに、再建可能なものを新しく作ることに躍起になっている。しかし、私たちが試みなくてはならないのは、再建できるものを探すことだけではなく、再建できないものを見つめ直すことではないだろうか。失望を深めるためではない。真の意味で新生するため、それは本当に失われたのか、見失っただけなのかを、しっかり感じ分けるためである。

失われた、そう感じるものの一つが「生きがい」ではなかったか。『生きがいについて』で神谷は、生きがいは作りだすものであるよりも、すでにあって発見するべき何かだという。

苦悩や悲痛を経験すると人は、生きがいを奪われたと思う。だが、神谷はこの本で、誰も奪い尽くすことのできない、真の生きがいが存在すると語っている。そのことを彼女は、岡山県にあるハンセン病療養施設、長島愛生園の人々との交わりのなかで見出していった。

求めているものとの出会いは、かねて予想したように現れるとは限らない。むしろ、それを大きく裏切るようなかたちで人生を横切ることがある。

自分の小さな人生を顧みても、幸福を告げ知らせる経験は、歓喜のうちに現れるとは限らず、悲痛をともなう出来事のなかで、その深みを知ることもあった。

本当の悲しみは、時間と共に癒えていく、というものではないだろう。その傷は、いつまでもありありと存在する。だが、その出来事が扉になって、私たちはまったく予想しない世界に導かれることもあるのではないだろうか。

大きな悲痛を伴う経験をしても人は、それを忘れたかのように日常に忙殺されることがある。そんなとき私たちは、こんなことではいけない、あのとき感じた悲しみを忘れてはならない、と自分を責めたりもする。それは悲しむとき、喪った人をもっとも強く感じていることを知っているからだ。

だが、少し冷静に考えてみる。もし亡き人が、私たちの目には映らない姿で、どこかに存在しているとするならば、私たちの気が付くときだけでなく、気が付かないときもまた、かたわらにいるのかもしれない。

忘れていたとしても自分を責める必要などどこにもない。悲しみの経験は消えない。それはいつしか情愛へと姿を変じる。私たちは、亡き人と共に喜び、楽しむという人生を送ってよい。むしろ、それが亡き者たちの願いですらあるように思われる。

闘いと祈りの生涯

格別急ぎの仕事もないはずなのに二月九日から十日になろうとする日の夜は起きていた。四時ごろだったと思う。石牟礼さんの死を知った。

彼女に関心を持つ人は「わたしの石牟礼道子」を心のなかにもっている。ある人にとっては『苦海浄土　わが水俣病』の作者であり、水俣病闘争の中核にあった活動家であり、またある人にとっては現代日本を代表する文学者であり、彼女の精神の奥底に詩人を見出し、彼方の世界からやってきたような言葉の響きに魅せられている人もいる。後世は彼女が傑出した思想家だったことも明らかにしていくだろう。

日が昇るまで茫然としていて、自分が何をしていたのか、あまりよく覚えていない。ほとんど身体の一部になっているような彼女から教えてもらったいくつかの言葉を胸のうちで繰り返していたようにも思う。古い言葉だが、彼女の本で出会って、私のなかで決定的によみがえった言葉が「生類」である。

生類《しょうるい》のみやこはいずくなりや
わが祖《おや》は草の親　四季の風を司り　魚《うお》の祭を祀《まつ》りたまえども
生類の邑《むら》はすでになし
かりそめならず今生《こんじょう》の刻《こく》をゆくに
わが眸《まみ》ふかき雪なりしかな

『苦海浄土』の第三部『天の魚』の冒頭に置かれた「序詞」の終わりにある一節である。この言葉の前には「いまひとたびにんげんに生まるるべしや」と書かれている。

人類は、生類の一部であるとき、はじめて人類たり得る。しかし、人類は、いつしか生類とのつながりを自らの手で断ち切ったのではないか。「にんげん」は「生類のみやこ」にいるとき、はじめて「にんげん」の姿をしていられるのに、「人間」という人間同士でしか分かり合えない生命体になってしまったのではあるまいか、というのである。

石牟礼道子は、壮大な「いのち」の連環を詩情に照らされた言葉によって描きだした稀代の思想家でもあった。その言葉は、現代人が考えるような「哲学」といういかめしい姿をしていない。彼女は概念を弄《ろう》さない。「いのち」を生きたまま、言葉にのせて運ぼうとする。

東洋においては、古代から詩歌のなかに真の哲学の原初があるのは珍しいことではない。万葉、古今、新古今和歌集の時代にも歌人の姿をした思想家がいる。芭蕉も例外ではない。石牟礼道子もまた、そうした伝統に連なる一人だった。

彼女の部屋で、しばしば語り合ったのは、若い人たちにいかに「いのち」のありかを伝えていくかということだった。自分に「いのち」があることを自覚すれば、同質のものが他者にあることを知り、それを愛《いつく》しめるようになる。自己をいたわることと他者をいたわることが同時に起こる道を探さなくてはならない、と彼女は語っていた。

『水はみどろの宮』と題する彼女の童話がある。石牟礼道子を読んでみたいとおもう人は多くいるに違いない。しかし、『苦海浄土』は、最初の本としてはふさわしくないようにも思われる。私は、この本を読み終えるのにおよそ三十年を要した。脆弱《ぜいじゃく》な精神が真実を直視することができないのである。『水はみどろの宮』は、最初に読む石牟礼道子の本としてふさわしい一冊ではあるまいか。次の一節は、一読して以来、私の胸を離れない。

不知火海《しらぬいかい》という美しか海が、ここからほら、雲仙岳《うんぜんだけ》のはしに見えとろうがの。六十年ばかり前、海に毒を入れた者がおって、魚も猫《ねこ》も人間も、うんと死んだことがある。五十年がかりで、自分たちの立ち姿だけで、海に森の影《かげ》をつくってな、その影《かげ》の中に魚の子を抱《だ》き入《い》れて、育てた木の精の代表が、一の君の位に上がった。命の種を自分の影《かげ》の中に入れて育てて、山と海とをつないだ功労により、一の君と申しあげる

語り手は、人間ではない。「ごんの守《がみ》」と呼ばれる狐である。人間は海に毒を流し、「生類のみやこ」を壊し続けた。しかし、それを「木の精」がよみがえらせたというのである。ひとたび分断された山と海との蜜月を取り戻し、魚をもう一度海に呼び戻した。それゆえに生類の世界での栄誉を受けたというのである。

人間が、他の生類と心を通わせること、それは石牟礼さんの原体験であり、それが失われつつあることを彼女は本当に憂えていた。私たちは人間から得ることのできない慰めや励ましを生類から得ている。その自覚を取り戻せなければ世はいっそう闇に覆われると彼女は感じていた。

先の一節の「毒」が有機水銀であり、この物語の背後に水俣病事件が存在するのはいうまでもない。しかし、それで終わらせてはならない。人間は今もさまざまな「毒」を生み続けている。

韓国の詩人であり、市民活動においても指導的役割をになった高銀《コウン》と石牟礼道子の対話が『詩魂』として一冊にまとめられている。言葉が交わされたのは二〇〇五年だったが、書物として世に送られたのは十年後だった。その間に、石牟礼さんはパーキンソン病の症状が深刻化していき、執筆や読書に不自由を覚えるようになっていった。

この本には彼女の文学の中核にふれるような言葉が残されている。石牟礼さんの小説『天湖』を読んだ高銀が「この作品の中には、祈りがあり、闘いがあるのですね」と語ると彼女はこう応えた。

『苦海浄土』では闘いを書きましたが、『天湖』では、おばあさんたちが、ふつうの人には分からない祈る力をもっていて、水の底に沈んでいる村を呼びだすんです。

『天湖』は、『苦海浄土』に比べるとあまり読まれていないかもしれないが、この作品に強く惹かれる人は少なくない。石牟礼さんの親友でもあった染織家の志村ふくみさんもその一人だ。

闘いと祈りの詩学、石牟礼道子の生涯を振り返ると、そういえるかもしれない。さらにいえば闘いと祈りをつなぎとめるものを描き出すこと、そこに彼女の悲願があったようにも思われる。

多くの人は忘れているかもしれないが、『苦海浄土　わが水俣病』は未完である。先日、石牟礼さんにインタビューをしたことのある新聞記者と話したときも、このことを二人で確かめ合った。今、私たちが活字で読めるのは第三部までだが、彼女はその先を書き継ぐつもりでいた。私も本人の口から直接その意思を聞いたことがある。彼女には自分がこの世に存在しているのは、託されたことを言葉にするためだという自覚があった。第四部をめぐって彼女は次のような言葉を残している。

「白状すれば、この作品は、誰よりも自分自身に語り聞かせる、浄瑠璃のごときもの、である」と書いたあと、彼女はこう続けた。

このような悲劇に材をもとめるかぎり、それはすなわち作者の悲劇でもあることは因果応報で、第二部、第三部執筆半ばにして左眼をうしない、他のテーマのこともあって、予定の第四部まで、残りの視力が保てるか心もとなくなった。視力より気力の力がじつはもっと心もとないのである。

（「改稿に当って〔旧版文庫版あとがき〕」『苦海浄土』）

身を削りながら書く、それが彼女の日常だった。彼女が書くのを止めたのではない。その苛烈な使命に肉体がついていかなかったのである。今すでに、彼女は私たちに言葉を託す側にいる。その言葉を受けとめること以上の哀悼の営みは存在しないのではあるまいか。

人生の大事――あとがきに代えて

昨年の六月二日の夕方のことだった。水戸から東京に戻る特急電車に飛び乗ったとき、スマートフォンが震えた。ほとんどかかってこないはずなのに画面には着信の表示が出ている。

見たことのない番号なのだが、出てみると毎日新聞の米本浩二記者だった。『評伝　石牟礼道子』の著者といった方がよいのかもしれない。石牟礼さんがどうしても話したいことがある、というので代わりに電話をかけたということだった。石牟礼さんにかわると、少し沈黙したあと、揺れるような声でこう語った。

「もうすぐ私は死ななくてはなりません。その前にどうしてもお話ししておきたいことがありますので、大変申し訳ありませんが、熊本に来てはいただけませんでしょうか」

これまで面会をお願いするのはいつもこちらで、会いたいといわれて驚いた。もちろん、可能な限り早く行きますと返事をして電話を切った。多少話をしたのだろうが、あまりよく覚えていない。

体調がよくないこともあるかもしれないと、面会の予備日も含め、二泊三日の予定を空けて、熊本に向かった。同じ月の二十二日である。

部屋に入るといつもと変わらない石牟礼さんが椅子に座っていた。お話しになりたいこととは何でしょう、というふうには話は始まらない。いつも通りの雑談が始まった。

だが、話の途中で石牟礼さんの体調がよくなくなり、それらしい話はなかった。翌日も行ったが同じだった。長居してはいけない、と思い、帰ります、というと、ベッドに横たわったたまま、石牟礼さんは、これまでになく愛くるしい姿で、「また、来てくれる?」と言った。

彼女は、とても礼儀の正しい人で、客人にはいつも敬語で接する。年齢は関係ない。若者を連れて行ったこともあるが、そのとき二十歳になったばかりの青年に対しても変わらなかった。

「また、来てくれる?」これが、私の石牟礼さんから聞いた最後の言葉である。「また、来ます」そういったが、約束は守れなかった。

その後、熊本に行かなかったのではない。行ったが、会わなかったのである。石牟礼さんは少し体調を崩し、施設から病院へ移っていた。会いたい、しかし、病院までは訪ねていってはならない、そう感じていた。

会う方《ほう》は、場所はどこでも関係がないと思うかもしれない。だが、彼女は違うだろう。幾人かの本当に親しい人々は別にして、病院のベッドにいる自分を見られたくないかもしれない。施設も病院もあまり変わらないと思うのは来客者の勝手だが、石牟礼さんにとって同じはずがない。前者は彼女の住まいだが、後者は異なる。施設に会いにいくとき、彼女は、いつもうっすら化粧をしていた。それが彼女の来客への敬意の表し方だった。

熊本へ行ったのは「水俣病展」のイベントで講演するためだった。東京へ戻ると、ある新聞記者からメールが届いていた。石牟礼さんから会えずに申し訳ないという伝言を預かっていると記されていた。

あの日、もし、病室に彼女を訪ねていても、悦びは生まれただろう。だが、それは今、私が感じている充実とはおよそ異なるものだったように思われる。

会いたい人に会えるのは悦ばしい。だが、会えないが、互いに会いたいとおもう気持ちがつながるのは、それに劣らない。会えないときこそ、相手を強くおもい、心でふれあっているようにも感じられる。

今も、私は彼女に会いたいと思う。以前よりもずっと強くそう願う。彼女が亡くなってから、私の部屋にある彼女の著作は、かつてとはまったく異なる姿をしている。それは、同時代の敬愛する詩人の軌跡であるだけでなく、彼女がいう「アニマ」の世界へと導いてくれる道標になった。

『アニマの鳥』と題する天草・島原の乱を描き出した小説がある。その「あとがき」に彼女はこう記している。「原城」とは、この乱でキリシタンたちが立てこもった場所である。

原城の霊たちの力を借りて出生させた人物たちには愛惜ただならぬものがあり、今もってわが日常に出没してものを言いあっている。願わくばこの中の一人なりと、アニマの鳥のごとく、あたたかい胸毛をもって読者諸氏のふところに憩わんことを。

「原城の霊たちの力を借りて出生させた人物」とは、小説の登場人物を指す。彼女はその物語に生きている死者たちと語り合う日常を過ごしているという。この言葉が今ほど、真実だと感じられるときはない。

生者とは、人は心で対話するのに大きな熱情を必要とする。しかし、死者とのそれを試みるとき、私たちは小さな沈黙を心に生み出せばそれでよい。

できるなら「アニマの鳥のごとく、あたたかい胸毛をもって読者諸氏のふところに憩わんことを」と石牟礼さんは書き、信じるもののために弾圧され、殉《じゅん》じなければならなかったキリシタンたちを、わずかでよいから心に留めてほしいという。今、私は同じ言葉を読み手の皆さんに送りたい。石牟礼道子という詩人を皆さんのふところに招き入れ、彼女との憩いの時をしばし、過ごしていただけたらと思う。

人生の大事は、多くの場合、語り得ない。さらにいえば、語れば語るほど語り得ないものがあることに気が付く。昨年の六月に会ったとき、石牟礼さんが伝えたいといっていたのも、どんなに語ろうとしても言葉にならないことがある、ということだったような気がしている。

会って話さねばならないことがある、人はそう強く感じても、それを語り得るとは限らない。だが、対話を求められた方は、その気持ちは受けとめることができる。語り得ないことを語り継ぐ、それが石牟礼道子の遺言だったと、私は勝手に解釈している。

本書の出版は、急遽決まった。追悼文として依頼されたものが八編になり、それらを書き分けているうちに、これまで石牟礼道子の作品を読みたいと感じながら、なかなか手が伸びない人に向かって書いている自分に気が付いた。この本は、石牟礼道子論と呼ばれるようなものではないが、随想という様式だからこそ書き得る問題は、いくつか提示できたように感じている。

相手が書き手である場合、哀悼の意を表するのは難しくない。残された作品を読み、出来ることなら、それをめぐって文章を書けばよい。本書がそうした営みへとつながるものとなればと願っている。

この本にはさまざまな媒体に発表したものが、収められている。まず、書く機会を与えてくださった皆さんに感謝の意を伝えたいと思う。

また、石牟礼さんとの対談の掲載を許可してくださった、ご遺族の石牟礼道生《みちお》氏にも深く御礼申し上げたい。

装丁家、校正者、また書肆《しょし》の人々には、謝意もさながら、こうして仕事が出来ていることを共に喜びたい。ことに編集者の内藤寛さんには、多くの時間的、労力的無理を強いた。深謝したい。

書物を世に送るという「もの作り」には、有形無形のあり方で、さまざまな人がかかわっている。私の知らない協同者も多くいるはずである。また、会社の仲間たちは、いつもと変わらず重要な手助けをしてくれている。厚謝の念を送りたい。

最後に、万謝の思いを届けたいのは石牟礼さんである。彼女との出会いがなければ本書が生まれないだけでなく、私の人生は随分と変わっていたに違いない。

また、彼女との対話をいつも支えてくださった渡辺京二さん、志村ふくみさん、志村洋子さん、そして石牟礼さんに言葉を託した不可視な隣人たちにも、この場を借りて衷心からの感謝を伝えたい。
この本が、もし、石牟礼道子への追悼文集になり得ているなら、そのおもいはまず、彼女を支え、導いた死者たちに捧げられねばならない。それが、私が石牟礼さんから教わった言葉の流儀だからである。

二〇一八年三月二十八日

若松　英輔

初出

亡き者の言葉を宿した闘士（「読売新聞」二〇一八年二月十一日）
黙する魂を受け止める使命（「時事通信」二〇一八年二月十三日配信）
偉大なる名無き者（「共同通信」二〇一八年二月十六日配信）
生類の嘆きを受け取る者（「産経新聞」西日本地域版・二〇一八年二月十九日）
亡き者たちの季節（「熊本日日新聞」二〇一八年二月二十四日）
荘厳を証する者（「すばる」二〇一八年四月号）
二つの「自伝」（「読売新聞」二〇一四年四月十三日）
言葉の彼方にあるもの（「新潟日報」二〇一七年七月六日）
光の言葉――志村ふくみと石牟礼道子『遺言　対話と往復書簡』を読む（「ちくま」二〇一四年十二月号）
煩悩を愛しむ詩人（二〇一七年一月六日、第五十一回仏教伝道文化賞）

荘厳する花――石牟礼道子の詩学（「文藝」二〇一三年八月号）
魂という遺産（「新潟日報」二〇一八年二月三日）
最後の文人（「現代詩手帖」二〇一八年四月号）
本当の幸せ（日本経済新聞）二〇一八年二月十一日）
闘いと祈りの生涯（「週刊金曜日」二〇一八年二月二十日）

対談

荘厳の詩学――石牟礼道子の原点（「三田文学」二〇一五年秋号）
『苦海浄土』が生まれるまで（「新潟日報」二〇一六年三月二十七日）

若松英輔　わかまつ・えいすけ

批評家・随筆家。一九六八年生まれ、慶應義塾大学文学部仏文科卒業。二〇〇七年「越知保夫とその時代 求道の文学」にて三田文学新人賞、二〇一六年『叡知の詩学 小林秀雄と井筒俊彦』にて西脇順三郎学術賞、二〇一八年『詩集 見えない涙』にて詩歌文学館賞受賞。著書に『イエス伝』（中央公論新社）、『魂にふれる 大震災と、生きている死者』（トランスビュー）、『生きる哲学』（文春新書）、『霊性の哲学』（角川選書）、『悲しみの秘義』（ナナロク社)、『小林秀雄 美しい花』(文藝春秋)、『内村鑑三 悲しみの使徒』（岩波新書）、『生きていくうえで、かけがえのないこと』『言葉の贈り物』『言葉の羅針盤』『詩集 幸福論』（以上、亜紀書房）がある。

常世の花　石牟礼道子

二〇一八年五月二十二日　第一版第一刷発行

著者　若《わか》松《まつ》英《えい》輔《すけ》

発行者　株式会社亜紀書房

郵便番号　一〇一－〇〇五一

東京都千代田区神田神保町一－三二

電話　〇三－五二八〇－〇二六一

振替　〇〇一〇〇－九－一四四〇三七

http://www.akishobo.com

装丁　國枝達也

DTP　コトモモ社

印刷・製本　株式会社トライ　http://www.try-sky.com

Printed in Japan

乱丁本・落丁本はお取り替えいたします。

本書を無断で複写・転載することは、著作権法上の例外を除き禁じられています。

詩歌文学館賞受賞

若松英輔

詩集　見えない涙

活字から声が聞こえる、若松さんの詩には体温がある。

谷川俊太郎氏

この詩集を読む者は、まず詩情のきよらかさに搏たれる。それはただの純情ではなく、ぎりぎりまでものを考える知性で裏打ちされている。まるで奥深い天上の光が差しこんで来るかのようだ。

石牟礼道子氏

泣くことも忘れてしまった人たちへ。
26編の詩を収めた、批評家・随想家、初の詩集。

1800円＋税

若松英輔

詩集　幸福論

幸福はどこにあるのか？
幸福の小さなきらめきを静かにつむぐ。待望の第二詩集。

１８００円＋税

宇井純の本

［合本］公害原論　3800円＋税

［新装版］自主講座「公害原論」の15年　3500円＋税

［宇井紀子編］ある公害・環境学者の足取り　2700円＋税